Agatha Christie®

O SONHO E OUTROS CONTOS

Tradução de Rodrigo Breunig,
Alessandro Zir *e* Camila Werner

www.lpm.com.br
L&PM POCKET

COLEÇÃO 96 PÁGINAS

Coleção **L&PM** POCKET, vol. 1382

Texto de acordo com a nova ortografia.
Título original: *The Dream*

Este conto foi extraído do livro *Todos os contos de Hercule Poirot*
Esta edição na Coleção **L&PM** POCKET: maio de 2025

Tradução: Rodrigo Breunig "Postscript: Poirot and the Regatta Mystery"; Alessandro Zir "Problem at Sea" *e* Camila Werner "The Dream"
Capa: L&PM Editores
Revisão: L&PM Editores

CIP-Brasil. Catalogação na publicação
Sindicato Nacional dos Editores de Livros, RJ

C479s

Christie, Agatha, 1890-1976
O sonho e outros contos / Agatha Christie ; tradução Rogério Bettoni. – 1. ed. – Porto Alegre [RS]: L&PM Pocket, 2025.
96 p. ; 18 cm.

Tradução de: *The Dream*
ISBN 978-65-5666-555-9

1. Ficção inglesa. I. Bettoni, Rogério. II. Título.

25-96176 CDD: 823
CDU: 82-3(410.1)

Meri Gleice Rodrigues de Souza - Bibliotecária - CRB-7/6439

Rua Comendador Coruja, 314, loja 9 – Floresta – 90.220-180
Porto Alegre – RS – Brasil / Fone: 51.3225.5777

Pedidos & Depto. Comercial: vendas@lpm.com.br
Fale conosco: info@lpm.com.br
www.lpm.com.br

Impresso no Brasil
Outono de 2025

Agatha Christie
(1890-1976)

Agatha Christie é a autora mais publicada de todos os tempos, superada apenas por Shakespeare e pela Bíblia. Em uma carreira que durou mais de cinquenta anos, escreveu 66 romances de mistério, 163 contos, dezenove peças, uma série de poemas, dois livros autobiográficos, além de seis romances sob o pseudônimo de Mary Westmacott. Dois dos personagens que criou, o engenhoso detetive belga Hercule Poirot e a irrepreensível e implacável Miss Jane Marple, tornaram-se mundialmente famosos. Os livros da autora venderam mais de dois bilhões de exemplares em inglês, e sua obra foi traduzida para mais de cinquenta línguas. Grande parte da sua produção literária foi adaptada com sucesso para o teatro, o cinema e a tevê. *A ratoeira*, de sua autoria, é a peça que mais tempo ficou em cartaz, desde sua estreia, em Londres, em 1952. A autora colecionou diversos prêmios ainda em vida, e sua obra conquistou uma imensa legião de fãs. Ela é a única escritora de mistério a alcançar também fama internacional como dramaturga e foi a primeira pessoa a ser homenageada com o Grandmaster Award, em 1954, concedido pela prestigiosa associação Mystery Writers of America. Em 1971, recebeu o título de Dama da Ordem do Império Britânico.

Agatha Mary Clarissa Miller nasceu em 15 de setembro de 1890 em Torquay, Inglaterra. Seu pai, Frederick, era um americano extrovertido que trabalhava como corretor da Bolsa, e sua mãe, Clara, era uma inglesa tímida. Agatha, a caçula de três irmãos, estudou basicamente em casa, com tutores. Também teve aulas de canto e piano, mas devido ao temperamento introvertido não seguiu carreira artística. O pai de Agatha morreu quando ela tinha onze anos, o que a aproximou da mãe, com quem fez várias viagens. A paixão por conhecer o mundo acompanharia a escritora até o final da vida.

Em 1912, Agatha conheceu Archibald Christie, seu primeiro esposo, um aviador. Eles se casaram na véspera do Natal de 1914 e tiveram uma única filha, Rosalind, em 1919. A carreira literária de Agatha – uma fã dos livros de suspense do escritor inglês Graham Greene – começou depois que sua irmã a desafiou a escrever um romance. Passaram-se alguns anos até que o primeiro livro da escritora fosse publicado. *O misterioso caso de Styles* (1920), escrito próximo ao fim da Primeira Guerra Mundial, teve uma boa acolhida da crítica. Nesse romance aconteceu a primeira aparição de Hercule Poirot, o detetive que estava destinado a se tornar o personagem mais popular da ficção policial desde Sherlock Holmes. Protagonista de 33 romances e mais de cinquenta contos da autora, o detetive belga foi o único personagem a ter o obituário publicado pelo *The New York Times.*

Em 1926, dois acontecimentos marcaram a vida de Agatha Christie: a sua mãe morreu, e Archie a deixou por outra mulher. É dessa época também um dos fatos mais nebulosos da biografia da autora: logo depois da separação, ela ficou desaparecida durante onze dias. Entre as hipóteses figuram um surto de amnésia, um choque nervoso e até uma grande jogada publicitária. Também em 1926, a autora escreveu sua obra-prima, *O assassinato de Roger Ackroyd.* Este foi seu primeiro livro a ser adaptado para o teatro – sob o nome *Álibi* – e a fazer um estrondoso sucesso nos teatros ingleses. Em 1927, Miss Marple estreou como personagem no conto "O Clube das Terças-Feiras".

Em uma de suas viagens ao Oriente Médio, Agatha conheceu o arqueólogo Max Mallowan, com quem se casou em 1930. A escritora passou a acompanhar o marido em expedições arqueológicas e nessas viagens colheu material para seus livros, muitas vezes ambientados em cenários exóticos. Após uma carreira de sucesso, Agatha Christie morreu em 12 de janeiro de 1976.

Sumário

Problema a bordo

"Problem at Sea" foi publicado pela primeira vez nos Estados Unidos na revista *This Week* em 12 de janeiro de 1936, e então como "Poirot and the Crime in Cabin 66" em *The Strand* em fevereiro de 1936.

I

– *Coronel* Clapperton... – debochou o general Forbes.

Em seguida o general produziu um ruído debochado que ficava entre uma fungada e um espirro.

A srta. Ellie Henderson se inclinou para frente. Uma mecha do seu cabelo grisalho e macio balançava diante do seu rosto. Os olhos dela, escuros e vivos, brilharam com um prazer matreiro.

– Um legítimo soldado! – insinuou ela com uma voz maliciosa, ajeitando o cabelo para esperar pelo resultado da provocação.

– Legítimo soldado? – explodiu o general Forbes. Ele puxou a ponta do seu bigode militar, e seu rosto ficou muito vermelho.

– Ele pertenceu à Guarda Real, não pertenceu? – murmurou a srta. Henderson, a fim de completar o trabalho.

– Guarda Real? Absurdo! Ele trabalhava num teatro de variedades, isso sim. Alistou-se e foi mandado à França para contar maçãs e latas de tomate. Por engano, os boches bombardearam a cozinha do acampamento, e ele voltou para casa com um ferimento no braço. Ele foi parar no hospital de lady Carrington.

– Então foi assim que eles se conheceram?

– Isso é fato! Mas ele deu uma de herói. E lady Carrington não tinha qualquer bom senso, apenas rios de dinheiro. O velho Carrington lidava com armamentos. Ela estava viúva só há seis meses. Esse sujeito passou a conversa nela em dois toques. Ela conseguiu um emprego para ele no Ministério da Defesa. *Coronel* Clapperton! Ah! – bufou ele.

– E antes da guerra ele trabalhava no teatro de variedades... – divagou a srta. Henderson, tentando reconciliar a imagem do distinto Coronel Clapperton de cabelos grisalhos com aquela de um comediante de nariz vermelho cantando músicas engraçadas.

– Isso é fato! – disse o general Forbes. – Foi o velho Bassington quem me contou. E ele ouviu a história do velho Badger Cotteril, que conhecia Snooks Parker.

A srta. Henderson assentiu com a cabeça, admirada.

– Parece mesmo indubitável.

Um sorriso passou pelos lábios do homenzinho sentado ao lado deles. A srta. Henderson observou o sorriso. Ela era uma mulher observadora. O sorriso demonstrava admiração pela ironia do comentário dela. Ironia que passara completamente desapercebida ao general.

O general não notou o sorriso. Ele deu uma olhada no relógio, levantou e disse:

– Hora do meu exercício. Preciso me manter em forma nesse navio – e saiu na direção do convés.

A srta. Henderson olhou para o homem que tinha sorrido. Foi um olhar bem explícito, indicando que ela estava pronta para iniciar uma conversa.

– Ele é um homem bem enérgico, não? – comentou o homenzinho.

– Ele dá exatas 48 voltas ao redor do convés – disse a srta. Henderson. – Que velho fofoqueiro! E ainda dizem que somos nós mulheres que gostamos de escândalos...

– Dizem mesmo? Mas que falta de polidez!

– Franceses são sempre polidos – disse a srta. Henderson. Sua afirmação escondia também uma pergunta.

O homenzinho respondeu prontamente:

– Belga, mademoiselle.

– Oh, belga!

– Hercule Poirot, às suas ordens.

O nome não lhe era estranho. Onde ela o tinha ouvido?

– O senhor está gostando da viagem?

– Francamente, não. Não sei onde eu estava com a cabeça quando permiti que me convencessem a vir. Odeio *la mer*. Está sempre agitado.

– Bem, agora me parece que está calmo.

– *A ce moment*, sim – admitiu Poirot de má vontade. – É por isso que voltei a me animar e a me interessar pelo que acontece ao meu redor. A maestria com que a senhorita conduzia a conversa com o general Forbes, por exemplo.

– O senhor quer dizer... – a srta. Henderson hesitou.

Hercule Poirot moveu a cabeça afirmativamente.

– Me refiro à maneira sutil com que a senhorita obteve do general Forbes os detalhes do escândalo. Foi admirável.

Desinibida, a srta. Henderson soltou uma risadinha.

– A referência à Guarda Real? Eu sabia que ela faria o bom homem se engasgar e dar com a língua nos dentes.

Ela se inclinou e falou em voz baixa:

– Admito que gosto de escândalos. Quanto mais estranhos, melhor!

Poirot olhou para ela pensativo. Uma mulher magra e bem conservada, de olhos escuros e cabelo grisalho. Uma mulher de 45 anos que devia estar feliz com a própria idade.

Ellie disse abruptamente:

– Já sei! Não é o senhor o grande detetive?

Poirot inclinou a cabeça ligeiramente.

– Gentileza sua, mademoiselle – respondeu ele, sem negar.

– Mas que emocionante! O senhor está "no rastro de algum bandido", como dizem nos romances policiais? Há algum criminoso entre nós? Talvez eu esteja sendo indiscreta...

– De forma alguma. É uma pena eu ter de desapontá-la, mas estou aqui para me divertir, como todo mundo.

Ele declarou aquilo com tal melancolia que a srta. Henderson não pôde conter o riso.

– Ah, não se preocupe. Amanhã o senhor desembarca em Alexandria. O senhor já esteve no Egito?

– Nunca, mademoiselle.

A srta. Henderson levantou-se um pouco abruptamente.

– Acho que vou me juntar ao general Forbes na sua caminhada terapêutica – anunciou ela.

Poirot ergueu-se, galante. Depois de cumprimentá-lo rapidamente com a cabeça, ela se dirigiu ao convés.

Poirot parecia intrigado. Um leve sorriso passou pelos seus lábios, ele passou pela porta e deu uma espiada para baixo. A srta. Henderson estava inclinada sobre o corrimão da escada e conversava com um homem alto, de aparência marcial.

O sorriso de Poirot tornou-se mais nítido. Ele voltou para a sala de fumantes com o mesmo cuidado com que uma tartaruga se recolhe no casco. Só ele estava na sala, mas logo chegariam outras pessoas.

A sra. Clapperton, com a cabeleira grisalha muito bem penteada, protegida por uma redinha, vestindo um traje esportivo que acentuava as curvas do seu belo corpo, resultado de dietas e massagens, entrou decidida pela porta da sala de fumantes. Era uma mulher acostumada a pagar pelo que queria.

Ela disse:

– John? Ah, bom dia, sr. Poirot. O senhor viu John?

– Ele está no convés de estibordo, madame. Quer que eu...

Ela deteve-o com um gesto.

– Vou esperar aqui um minuto – disse ela,

sentando-se na cadeira diante da dele, com a pompa de uma rainha.

De longe, poderiam dar a ela 28 anos. De perto, apesar da maquiagem bem feita e das sobrancelhas impecáveis, era provável que lhe dessem 55 anos em vez dos 49 que na verdade tinha. Seus olhos eram de um azul muito claro, com minúsculas pupilas.

– Lamentei a falta do senhor no jantar da noite passada – disse ela. – É verdade que o mar estava um pouco agitado...

– *Précisément* – respondeu Poirot com um suspiro.

– Tenho sorte de não ser tão sensível. Sorte mesmo, porque, com meus problemas cardíacos, se ficasse enjoada durante a viagem, é possível que nem chegasse viva.

– A senhora sofre do coração, madame?

– Meu coração é muito fraco. Não posso me cansar. Todos os especialistas dizem isso! – a sra. Clapperton tinha mergulhado no tema fascinante (sobretudo para ela) das suas idiossincrasias fisiológicas. – Pobre John, faz de tudo para evitar que eu me desgaste e acaba exausto. É que vivo de forma tão intensa! Não sei se o senhor me entende...

– Sim, sim.

– Ele sempre me diz: “Procure se aquietar mais, Adeline”. Mas não consigo. A vida é para ser vivida, eu sinto isso. O que acabou comigo foi a guerra. O senhor já ouviu falar do meu hospital? É claro que eu tinha enfermeiras e outros ajudantes, mas tudo dependia de mim!

Ela suspirou.

– A senhora tem uma vitalidade impressionante, minha cara – respondeu Poirot, de forma mecânica.

A sra. Clapperton riu como uma menininha.

– As pessoas se admiram da minha jovialidade! É um absurdo. Nunca neguei a idade. Tenho 43 anos – disse ela, com falsa candura –, mas ninguém acredita. "Você é tão jovial, Adeline", todo mundo se espanta. Mas diga-me, sr. Poirot, o que é uma mulher sem viço, sem vida?

– Uma mulher morta – disse Poirot.

A sra. Clapperton franziu o cenho. A resposta lhe pareceu ligeiramente atravessada. Aquele homem estava tentando ser engraçado, concluiu. Ela levantou e disse num tom frio:

– Preciso encontrar John.

Ao passar pela porta, ela derrubou a bolsa, que se abriu ao cair, espalhando o conteúdo. Poirot acorreu para ajudá-la. Demorou um pouco para que ele conseguisse juntar os batons e os estojos de maquiagem, a cigarreira e o isqueiro, e outras bugigangas. A sra. Clapperton agradeceu educadamente e saiu na direção do convés. Em seguida ela chamou:

– John...

O coronel Clapperton continuava conversando animadamente com a srta. Henderson. Ele virou-se e foi correndo ao encontro da esposa.

– Essa espreguiçadeira está bem aqui? Você não prefere... – disse ele, inclinando-se sobre ela numa atitude protetora.

Seu comportamento era solícito e cortês. Um exemplo de marido dedicado aos caprichos da mulher.

A srta. Ellie Henderson olhava fixo na direção do horizonte, como se acompanhasse a formação paulatina e silenciosa de uma grande tempestade.

Poirot observava tudo da sala de fumantes.

Uma voz rouca comentou atrás dele:

– Se eu fosse o marido daquela mulher, já tinha acabado com ela.

O dono da voz era conhecido pela turma mais jovem do navio como "o vovô das plantações de chá".

– Traga-me uma dose de uísque – pediu ele ao garçom que passava.

Poirot se inclinou para juntar um pedaço de papel que caíra da bolsa da sra. Clapperton e fora esquecido no chão. Ele guardou-o no bolso, a fim de devolvê-lo mais tarde.

– Mas é verdade – continuou o ancião. – Essa mulher é uma cobra. Conheci uma parecida em Poona, em 1887.

– E conseguiram acabar com ela? – perguntou Poirot.

O ancião sacudiu a cabeça com tristeza.

– Em menos de um ano, foi ela quem acabou com o marido. Clapperton tem de se impor. Ele obedece à mulher em tudo.

– É ela quem tem a chave do cofre.

– Aha! – disse o velho, e deu uma risada descontraída. – O senhor disse tudo.

Duas jovens entraram correndo na sala. Uma delas tinha o rosto redondo, pipocado de sardas, e o cabelo escuro revolto pelo vento. A outra, sardas, e o cabelo castanho encaracolado.

– Socorro! Socorro! – exclamou Kitty Mooney. – Pam e eu vamos salvar o coronel Clapperton.

– Da mulher dele... – sussurrou Pamela Cregan.

– Ela o trata como um cachorrinho.

– E sempre preso na coleira!

– E quando não é ela, é a srta. Henderson.

– Que também é velha, mas pelo menos simpática.

As duas saíram correndo, sussurrando entre risinhos:

– Socorro! Socorro!

II

O salvamento do coronel Clapperton havia sido planejado pelas duas com toda a seriedade. Pamela Cregan aproximou-se de Poirot e sussurrou-lhe ao ouvido, com a petulância típica dos seus dezoito anos:

– Preste atenção, sr. Poirot. Bem debaixo do nariz dela, vamos soltar ele da coleira e levá-lo para uma volta sob o luar no convés.

Naquele mesmo momento, o coronel Clapperton dizia:

– É o preço de um Rolls-Royce, mas dura a vida toda. Agora, o meu carro...

– Você quer dizer o *meu* carro, John – corrigiu a sra. Clapperton, num tom de voz estridente.

O coronel Clapperton deu uma risadinha e concordou com a esposa:

– Certamente, querida, o *seu* carro... – depois

prosseguiu o que estava dizendo, sem se deixar perturbar.

Poirot murmurou consigo mesmo:

– *Voilà ce qu'on appelle le pukka sahib.** Entretanto, na opinião do general Forbes, Clapperton está longe de ser um cavalheiro...

Alguém sugeriu uma partida de bridge. A sra. Clapperton, o general Forbes e um casal com olhos de águia sentaram-se à mesa para jogar. A srta. Henderson pediu licença e foi até o convés.

– E o seu marido? – perguntou o general Forbes hesitante.

– John não joga – disse a sra. Clapperton. – Já estou acostumada...

Ela começou a distribuir as cartas para os quatro jogadores.

Pam e Kitty aproximaram-se do coronel Clapperton. Cada uma delas pegou em um braço.

– O senhor vem conosco. Para o convés. Vamos ver a lua!

– Não seja bobo, John – interferiu a sra. Clapperton. – Você vai pegar uma gripe!

– Não conosco! – disse Kitty.

– Nós somos quentinhas! – acrescentou Pam.

Rindo, o sr. Clapperton deixou-se levar pelas duas.

Poirot observou que a sra. Clapperton disse "passo", para o lance inicial dela de dois de paus.

Ele foi até o convés. A srta. Henderson estava

---

* Termo de origem indiana, utilizado pelos ingleses para referir àqueles que consideram legítimos cavalheiros, de comportamento impecável. (N.T.)

encostada à amurada. Poirot caminhou até ela, que olhou para trás surpresa, mas em seguida pareceu perder o interesse.

Os dois trocaram algumas palavras. Depois de um momento de silêncio, ela perguntou:

– O que o preocupa?

Poirot respondeu:

– Tenho uma dúvida linguística. Quando estavam formando as duplas de bridge, a sra. Clapperton afirmou categórica "John não joga". Não seria mais correto dizer "John não sabe jogar"?

– Ela toma o desinteresse dele como uma afronta pessoal, eu imagino. Ele nunca deveria ter casado com ela.

Poirot sorriu consigo mesmo.

– Não lhe ocorre que talvez eles sejam felizes? – arriscou Poirot.

– Feliz com uma megera daquelas?

Poirot deu de ombros.

– Muitas mulheres rabugentas têm maridos dedicados. É um enigma da natureza. A senhora tem de admitir que ele não parece se ofender com nada que ela diga.

A srta. Henderson estava pensando numa resposta, quando a voz da sra. Clapperton ecoou pelo convés saindo da janela da sala de fumantes.

– Não, não creio que eu jogue outra rodada. Está tão abafado aqui dentro. Acho que vou subir para respirar um pouco de ar fresco no convés superior.

– Boa noite. Vou me deitar – disse a srta. Henderson, e desapareceu.

Poirot caminhou até o salão, onde estavam apenas o coronel Clapperton e as duas jovens. Ele fazia truques com um baralho de cartas, e sua habilidade fez Poirot se lembrar da história do general sobre o teatro de variedades.

– Vejo que o senhor gosta de cartas, mesmo não jogando bridge – comentou Poirot.

– Tenho minhas razões para não jogar bridge – disse Clapperton, com seu sorriso sedutor. – Vou lhe mostrar. Vamos jogar uma rodada.

Ele deu rapidamente as cartas.

– E então, que tal? – perguntou ele, e deu uma risada diante da expressão espantada de Kitty.

Ele revelou suas cartas colocando-as na mesa. Os outros fizeram o mesmo. Kitty tinha todo o naipe de paus, Poirot o de copas, Pam o de ouros e o coronel o de espadas.

– Estão vendo? Um homem que pode dar ao parceiro e aos adversários as cartas que bem entender deve ficar afastado de um jogo entre amigos! Quando se tem muita sorte no jogo, as más línguas começam a falar.

– Oh! – exclamou Kitty. – Como você fez isso? Eu não entendi!

– A agilidade da mão ultrapassa a da vista – sentenciou Poirot, percebendo a mudança súbita que suas palavras causavam no rosto do coronel.

Era como se o sr. Clapperton fosse surpreendido num dos raros momentos em que baixava a guarda.

Poirot sorriu. O prestidigitador tinha se revelado por trás da máscara do *pukka sahib.*

III

O navio chegou a Alexandria ao amanhecer do dia seguinte.

Quando Poirot deixou o restaurante depois do café da manhã, ele encontrou as duas jovens já prontas para desembarcar. Elas conversavam com o coronel Clapperton.

– Temos de desembarcar agora – insistia Kitty. – Já estão conferindo os passaportes. O senhor vem conosco, não? Não vai nos deixar desembarcar sozinhas. Coisas terríveis podem nos acontecer.

– Também não acho que devam desembarcar sozinhas – disse Clapperton, sorrindo. – Mas acho que minha esposa prefere permanecer no navio.

– Que pena! Deixe ela ficar descansando.

O coronel Clapperton parecia indeciso. A vontade que ele tinha de escapar com as duas era evidentemente grande. Ele percebeu a presença de Poirot.

– Olá, sr. Poirot. Vai desembarcar?

– Não, acho que não – respondeu o detetive.

– Eu vou... eu vou... Bem, deixem-me falar com Adeline – decidiu o coronel.

– Vamos com você – disse Pam, piscando o olho para Poirot. – Quem sabe nós não convencemos ela a vir junto? – acrescentou, muito séria.

O coronel Clapperton pareceu gostar da ideia. Ele parecia aliviado.

– Venham então, as duas – disse ele, bem-humorado.

Os três saíram pela passagem do convés B.

Poirot, cuja cabine ficava em frente a dos Clapperton, seguiu-os, curioso.

O coronel Clapperton bateu à porta, um tanto nervoso.

– Adeline, querida, você está acordada?

A voz sonolenta da sra. Clapperton respondeu de dentro:

– Quem é, o que foi?

– Sou eu, John. Você gostaria de desembarcar?

– Claro que não – respondeu ela numa voz estridente e decidida. – Dormi muito mal. Devo ficar na cama o resto do dia.

Pam interveio rapidamente:

– Mas que pena, sra. Clapperton. Queríamos tanto que viesse junto. Tem certeza de que não quer vir?

– Absoluta – a voz da sra. Clapperton soou ainda mais estridente.

O coronel estava girando a maçaneta, mas sem resultado.

– Mas o que é, John? A porta está trancada. Não quero ser incomodada.

– Desculpe, querida, desculpe. Quero apenas o meu guia de viagem.

– Pois esqueça – cortou a sra. Clapperton. – Não vou me levantar. Deixe-me descansar, por favor.

– Está bem, querida, está bem.

O coronel afastou-se da porta da cabine. Pam e Kitty grudaram-se nele.

– Vamos de uma vez. Ainda bem que saiu com o seu chapéu. Nossa! E o passaporte?

– Está no meu bolso.

Kitty apertou-lhe o braço.

– Ainda bem! Então vamos! – exclamou ela.

Da amurada, Poirot observou-os desembarcar. Ele ouviu um leve suspirar atrás de si, virou-se e deu de cara com a srta. Henderson. Ela tinha os olhos apertados e fixos na direção das três figuras que acabavam de deixar o navio.

– Então eles desembarcaram... – disse ela cruamente.

– Sim. A senhorita também vai descer?

Poirot observou que ela usava um chapéu de abas largas, calçava sapatos de passeio e carregava uma bolsa. Parecia pronta para desembarcar. Ainda assim, depois de uma brevíssima pausa, a srta. Henderson sacudiu a cabeça numa negativa.

– Não. Acho que vou permanecer no navio. Tenho de escrever umas cartas. Ela se virou e deixou-o sozinho.

Quem tomou o lugar dela foi o general Forbes, ofegante, depois de completar as suas 48 voltas matinais no convés.

– Aha! – exclamou ele, quando viu ao longe as figuras do coronel e das duas jovens. – Então é esse o jogo? E onde está a madame?

Poirot explicou que a sra. Clapperton preferira passar o dia na cama.

– Não se fie nisso! – disse o velho guerreiro piscando um dos olhos. – Ela vai levantar para um lanchinho, e quando descobrir que o marido saiu assim mesmo, vai ter bronca.

Mas as previsões do general não se confirmaram. A sra. Clapperton não apareceu para o almoço e ainda não havia saído do quarto quando o coronel e suas duas jovens acompanhantes retornaram ao navio, às quatro horas.

Poirot estava na sua cabine e ouviu quando o marido, levemente culpado, bateu na porta da cabine dele e da esposa. Poirot ouviu-o bater diversas vezes, forçar a porta e por fim chamar um camareiro.

– Achei que minha mulher estivesse aqui dentro, mas ela não responde. Você tem a chave?

Poirot levantou-se apressado do beliche e apareceu no corredor.

IV

A notícia imediatamente se espalhou pelo navio.

Horrorizadas e incrédulas, as pessoas ficavam sabendo que a sra. Clapperton fora encontrada morta, deitada na cama, com uma adaga egípcia cravada no coração. O assassino deixara cair um colar de contas de âmbar no chão da cabine.

Os boatos se multiplicavam: todos os vendedores locais admitidos no navio estavam sendo detidos e interrogados! Uma grande quantia em dinheiro desaparecera de uma gaveta na cabine! As notas tinham sido encontradas! Elas não tinham sido encontradas! Joias de um valor incalculável tinham desaparecido! Um camareiro fora preso e confessara o crime!

– O que disso tudo é verdade? – queria saber a srta. Ellie Henderson, encurralando Poirot. Ela estava perplexa, com o rosto muito pálido.

– Minha cara, como vou saber?

– Mas é claro que o senhor sabe – disse a srta. Henderson.

Era tarde da noite. A maioria dos passageiros já tinha voltado às cabines. A srta. Henderson conduziu Poirot até duas cadeiras na parte coberta do navio.

– Agora, diga-me – ordenou ela.

Poirot olhou pensativo para os olhos da srta. Henderson.

– É um caso interessante – ele disse.

– Joias valiosas foram mesmo roubadas?

Poirot sacudiu a cabeça numa negativa.

– Não. Não roubaram joias. Só um pouco de dinheiro que havia numa das gavetas.

– Nunca mais vou me sentir segura dentro de um navio – disse a srta. Henderson, arrepiada. – Alguma pista sobre qual desses brutos pardacentos é o assassino?

– Não – disse Poirot. – A história toda é muito estranha.

– O que o senhor quer dizer? – perguntou Ellie, incisiva.

Poirot espalmou as mãos, esticando bem os dedos.

– *Eh bien...* esses são os fatos. Quando foi encontrada, a sra. Clapperton já estava morta havia cinco horas. Um pouco de dinheiro desapareceu do quarto. Um colar de contas foi encontrado no chão, perto da cama. A porta estava trancada, mas sem a chave. A janela que dava para o convés estava aberta. Digo janela mesmo, não claraboia!

– Mas e então? – perguntou a mulher, impaciente.

– A senhorita não acha estranho que tenham cometido um assassinato em tais circunstâncias? Lembre que os vendedores de cartões-postais e outras bugigangas, bem como os cambistas admitidos a bordo, são bem conhecidos da polícia.

– Mesmo assim a recomendação é a de que se feche bem as cabines.

– Sim, para reduzir as chances de um pequeno furto. Mas estamos falando de assassinato.

– E o que mais o senhor acha estranho? – a voz dela estava ofegante.

– O fato de a porta estar trancada.

– Não vejo nada de estranho nisso. O homem saiu pela porta, trancou-a e levou a chave consigo, a fim de evitar que o assassinato fosse logo descoberto. Uma atitude realmente bem pensada, visto que o corpo só foi encontrado depois das quatro da tarde.

– Não, não, mademoiselle. O que quero dizer não é isso. Não me refiro a como o assassino saiu, mas a como ele entrou!

– Ora, pela janela!

– *C'est possible.* Mas é um espaço apertado e há sempre gente circulando pelo convés.

– Mas então pela própria porta! – disse a srta. Henderson, impaciente.

– Mas a senhorita se esquece de uma coisa. *A sra. Clapperton tinha fechado a porta pelo lado de dentro.* Ela fez isso antes de o coronel Clapperton deixar o navio essa manhã. Ele tentou abrir a porta sem sucesso, sabemos disso.

– Absurdo. A porta devia estar presa, ou vai ver ele não girou a maçaneta direito.

– Mas ouvimos *a própria sra. Clapperton dizer de dentro do quarto que a porta estava trancada.*

– Ouvimos?

– A srta. Mooney, a srta. Cregan, o coronel Clapperton e eu.

Ellie Hendersou bateu de leve no chão com a ponta de seu belo sapato. Ela ficou calada por um momento ou dois. Depois disse, com uma voz ligeiramente irritada:

– Bem... e o que o senhor deduz disso? Se a sra. Clapperton podia trancar a porta, ela também podia destrancá-la.

– Precisamente – concordou Poirot, abrindo um sorriso para ela. – E a senhorita percebe a que isso nos conduz? *A sra. Clapperton destrancou a porta e deixou o assassino entrar*. Faz algum sentido que ela tenha feito isso para um vendedor de contas?

Ellie não se deu por vencida:

– Mas ela podia não saber quem era. Ele pode ter batido, ela levantou e abriu a porta. Ele invadiu a cabine e a matou.

Poirot discordou com a cabeça.

– *Au contraire.* Ela estava placidamente deitada na cama quando foi esfaqueada.

A srta. Henderson olhou desconfiada para Poirot.

– E qual é a sua hipótese? – perguntou ela abruptamente.

Poirot sorriu.

– Bem, parece que ela conhecia a pessoa a quem deixou entrar...

– O senhor quer dizer... – a voz da srta. Henderson tornou-se mais dura – *que o assassino é um passageiro do navio*?

Poirot concordou com a cabeça.

– É o que parece.

– E o colar de contas deixado ao lado da cama era uma pista falsa?

– Precisamente.

– E também o roubo do dinheiro?

– Também.

Depois de uma pausa, a srta. Henderson disse lentamente:

– Eu achava a sra. Clapperton realmente desagradável e não acho que algum dos outros passageiros gostasse dela. Mas ninguém tinha motivo para matá-la.

– Exceto, talvez, o marido – disse Poirot.

– O senhor não imagina que... – ela se interrompeu.

– A opinião de todos nesse navio era a de que o coronel Clapperton estaria determinado a acabar com ela. Diziam isso explicitamente.

Ellie Henderson olhou para ele, esperando que continuasse.

– Mas tenho de admitir – prosseguiu Poirot – que nunca notei no próprio coronel qualquer sinal de irritação. Além disso, ele tem um álibi. Ele passou o dia todo com aquelas duas jovens e só retornou ao navio às quatro horas, quando já fazia muito tempo que a sra. Clapperton estava morta.

Depois de outro minuto de silêncio, Ellie Henderson disse com voz macia:

– Mas o senhor mesmo assim acredita... que foi um passageiro do navio?

Poirot concordou com a cabeça.

Ellie Henderson soltou uma risadinha insolente.

– Não vai ser fácil provar a sua teoria. Há muita gente nesse navio.

Poirot concordou novamente, depois disse:

– Para responder à senhorita, vou roubar uma frase de um dos mais famosos romances policiais ingleses: "Tenho meus métodos, meu caro Watson!".

V

Na noite seguinte, na hora do jantar, cada passageiro recebeu um bilhete datilografado pedindo que comparecesse ao salão principal do navio às 20h30. Quando estavam todos reunidos, o capitão foi até o palco onde a orquestra costumava tocar e se dirigiu a eles:

– Senhoras e senhores, todos vocês estão a par da tragédia de ontem. Estou certo de que é o desejo de todos colaborar para que o perpetrador desse crime hediondo seja levado à Justiça.

O capitão fez uma pausa e limpou a garganta.

– Temos a bordo o sr. Hercule Poirot, que é provavelmente conhecido por vocês como um homem de larga experiência em... assuntos dessa natureza. Peço que escutem atentamente o que ele tem a dizer.

Foi nesse momento que o coronel Clapperton, que não aparecera durante o jantar, entrou no salão, sentando-se ao lado do general Forbes. Ele parecia muito abalado pela tragédia, e de forma alguma aliviado. Ou ele era um excelente ator, ou a afeição que nutria pela desagradável esposa devia ser mesmo genuína.

– Sr. Hercule Poirot – chamou o capitão, descendo do palco, enquanto o detetive tomava o seu lugar.

Ao cumprimentar a plateia com um sorriso, Poirot parecia sem jeito.

– *Messieurs, mesdames* – começou ele. – Agradeço pela bondade de se disporem a ouvir o que tenho a dizer. *Monsieur le capitaine* contou-lhes que tenho certa experiência em assuntos como este. Eu tenho, é verdade, uma ideia de como podemos chegar ao fundo dessa história.

Poirot fez um sinal, e um camareiro empurrou para a frente do palco, ao seu lado, um objeto volumoso enrolado num lençol.

– O que estou prestes a fazer vai surpreendê-los um pouco – advertiu Poirot. – Talvez achem que sou meio excêntrico, ou até mesmo que tenho um parafuso a menos. Mas asseguro-lhes que em minha loucura, como dizem vocês ingleses, há método.

Seus olhos cruzaram com os da srta. Henderson por um momento. Poirot começou a desembrulhar o objeto.

– Tenho aqui, *messieurs* e *mesdames*, uma testemunha importante para descobrirmos a verdade sobre quem matou a sra. Clapperton.

Num gesto ágil, Poirot removeu o último pano, revelando o objeto escondido: um boneco de madeira, mais ou menos do tamanho de um homem, vestido num terno de veludo com gola de renda.

– Agora, Arthur – disse Poirot, e seu sotaque estrangeiro deu lugar ao inglês seguro de um falante nativo, com uma leve inflexão *cockney* –, será que você pode me dizer algo sobre a morte da sra. Clapperton?

A cabeça do boneco girou um pouco, a mandíbula de madeira caiu e vacilou, até que se ouviu, numa voz estridente de mulher:

– *Mas o que é, John? A porta está trancada. Não quero ser incomodada...*

Ouviu-se um grito, uma cadeira foi derrubada, um vulto se levantou vacilante, com a mão na garganta, tentando, tentando falar... De repente, a figura se contorceu, e caiu de ponta-cabeça.

Era o coronel Clapperton.

VI

Poirot e o médico do navio ergueram-se ao lado do homem caído.

– Temo que esteja tudo terminado. Foi o coração – concluiu o médico.

Poirot assentiu gravemente.

– O choque de ver o truque revelado – ele disse.

Poirot virou-se para o general Forbes.

– Ao revelar a história do teatro de variedades, general, o senhor me deu a indicação mais importante para resolver o caso. A ideia me voltou à cabeça quando eu estava matutando sobre as dificuldades do crime. O sr. Clapperton poderia ter sido um ventríloquo antes da guerra. Isso explicava perfeitamente como três pessoas poderiam ouvir a sra. Clapperton falar de dentro da cabine *quando na verdade ela já estava morta...*

Ellie Henderson aproximou-se de Poirot. Seus olhos estavam cheios de dor.

– O senhor sabia quão fraco era o coração dele? – ela perguntou.

– Eu advinhei... A sra. Clapperton comentou-me sobre os seus próprios problemas cardíacos, mas me pareceu que ela exagerava. Mais tarde, juntei do chão uma receita que ela deixara cair da bolsa, e vi que continha uma dose muito forte de digitalina. Eu sabia que esse era um remédio para o coração. Mas não podia ser a sra. Clapperton quem o estava tomando. A digitalina dilata as pupilas, e nunca observei essa reação nos olhos dela. Mas quando olhei para os olhos do marido, reconheci imediatamente o efeito do remédio.

Ellie murmurou:

– Mas então o senhor sabia como poderia terminar sua encenação.

– Da melhor maneira possível, a senhora não acha, mademoiselle?

Poirot viu os olhos dela se encherem de lágrimas. Ela disse:

– O tempo todo o senhor sabia... Sabia o quanto eu me importava... Mas não foi por minha causa que ele a matou... Foi por causa daquelas duas... A juventude delas expôs para ele a escravidão em que ele vivia. O coronel Clapperton quis se libertar antes que fosse tarde demais... Sim, tenho certeza... Quando o senhor descobriu que era ele?

– Seu autocontrole era perfeito demais – disse Poirot. – Não importava o quão irritante fosse a conduta da mulher, ele jamais se deixava afetar. Ou ele estava tão habituado àquilo que nem percebia as grosserias, ou... *eh bien*, decidi pela segunda hipótese. E eu estava certo.

– Na noite antes do crime, ele exibiu suas habilidades como prestidigitador – lembrou ainda Poirot. – E havia uma razão para isso. Enquanto as pessoas pensassem nele como um mágico, elas dificilmente o veriam como um ventríloquo.

– E a voz que ouvimos? A voz da sra. Clapperton?

– Uma das camareiras tem uma voz parecida com a dela. Pedi a ela que se escondesse atrás das cortinas e combinei com ela o que deveria dizer.

– Que truque cruel! – gritou Ellie.

– Não brinco em serviço, mademoiselle.

Pós-escrito
Poirot e o mistério da regata

"Poirot and the Regatta Mystery" foi publicado nos Estados Unidos em *The Chicago Tribune* em 3 de maio de 1936, e em *The Strand* em junho do mesmo ano. Agatha Christie reescreveu a história para sua primeira aparição em livro, substituindo Hercule Poirot por Parker Pyne, na antologia americana *The Regatta Mystery* (publicada pela Dodd, Mead em junho de 1939). A versão original é publicada, aqui, pela primeira vez em mais de sessenta anos.

O sr. Issac Pointz tirou um charuto dos lábios e disse, num tom aprovador:

– Lugarzinho bonito.

Tendo conferido, assim, o selo de sua aprovação ao porto de Dartmouth, ele recolocou o charuto no lugar e olhou em volta com o ar de um homem satisfeito consigo mesmo, com sua aparência, seu entorno e a vida em geral.

Quanto ao primeiro desses itens, o sr. Isaac Pointz era um homem de 58 anos, em boas condições de saúde, com ligeira propensão, talvez, a problemas no fígado. Não era exatamente robusto, mas transparecia um aspecto confortável, e o traje de iatista, que usava no momento, não é a mais generosa das indumentárias para um homem de meia-idade com propensão à corpulência. O sr. Pointz vestia-se de modo impecável – correto em cada vinco e botão –, seu rosto moreno e ligeiramente oriental radiante sob a pala do quepe de iatista. Quanto a seu entorno, podemos tomar como sendo seus companheiros os seguintes indivíduos: seu sócio, o sr. Leo Stein, Sir George e Lady Marroway, um conhecido de negócios americano – o sr. Samuel Leathern – com a filha colegial, Eve, a sra. Rustington e Evan Llewellyn.

O grupo acabara de descer em terra saindo do iate do sr. Pointz – o *Merrimaid.* Pela manhã, eles haviam assistido à corrida de barcos; agora desciam em terra para desfrutar um pouco do parque de diversões – arremessos ao coco, mulheres gordas, a Aranha Humana e os carrosséis. Mal se pode duvidar que tais deleites foram saboreados mais por Eve Leathern. Quando o sr. Pointz enfim sugeriu que era hora de rumar ao Royal George para o jantar, a voz da garota foi a única discordante.

– Ah, sr. Pointz, eu queria tanto que a Cigana de Verdade lesse a minha mão no carro de saltimbancos...

O sr. Pointz tinha certas dúvidas quanto à essencial veracidade da cigana em questão, mas deu seu consentimento indulgente.

– Eve está simplesmente doida pelo parque – seu pai falou em tom de desculpa. – Mas não lhe dê a menor atenção se quiser seguir adiante.

– Temos tempo de sobra – disse o sr. Pointz, benévolo. – Deixemos a mocinha se divertir. Vou levá-lo para jogar dardos, Leo.

– Quem marcar 25 ou mais leva um prêmio – cantarolou, em voz alta e anasalada, o homem encarregado dos dardos.

– Aposto uma nota de cinco que a minha pontuação total ganha da sua – disse Pointz.

– Fechado – Stein retrucou com entusiasmo.

Logo depois, os dois homens já estavam fervorosamente engajados em sua batalha.

Lady Marroway murmurou para Evan Llewellyn:

– Eve não é a única criança no grupo.

Llewellyn sorriu em consentimento, mas de forma um tanto distraída. Ele se mostrara distraído durante o dia todo. Em uma ou duas ocasiões, havia dado respostas desnorteadas. Pamela Marroway se afastou dele e comentou com o marido:

– Esse jovem tem algo em mente.

Sir George murmurou:

– Ou alguém?

E o olhar dele voou rapidamente na direção de Janet Rustington.

Lady Marroway franziu um pouco as sobrancelhas. Ela era uma mulher ataviada com extremo requinte. O escarlate de suas unhas combinava com os brincos de coral vermelho-escuro em suas orelhas. Seus olhos eram escuros e vigilantes. Sir George afetava uma postura descuidada de "cavalheiro inglês caloroso" – mas seus olhos azul-claros detinham a mesma expressão vigilante da esposa.

Isaac Pointz e Leo Stein eram comerciantes de diamante de Hatton Garden. Sir George e Lady Marroway vinham de um mundo diferente – o mundo de Antibes e Juan les Pins – de golfe em St. Jean-de-Luz – de banhos junto às rochas em Madeira no inverno.

Para quem os via de fora, eram como os lírios que não labutavam e tampouco fiavam. Contudo, talvez isso não fosse bem verdade. Existem diversas maneiras de labutar e também de fiar.

– Eis a menina de volta – Evan Llewellyn disse à sra. Rustington.

Ele era um jovem moreno – havia nele um vago aspecto de lobo faminto que certas mulheres consideravam atraente.

Era difícil dizer se a sra. Rustington sentia essa mesma atração. Ela guardava seus sentimentos a sete chaves. Casara-se jovem – e o casamento terminara em desastre em menos de um ano. Desde aquela época, era difícil saber o que Janet Rustington pensava sobre alguém ou alguma coisa – sua atitude era sempre a mesma – charmosa, mas completamente alheia.

Eve Leathern veio dançando até eles, os louros cabelos lisos balançando animadamente. Ela tinha quinze anos – uma criança desajeitada – mas cheia de vitalidade.

– Eu vou me casar aos dezessete anos – ela exclamou sem fôlego. – Com um homem muito rico, e nós vamos ter seis filhos, e as terças e quintas são os meus dias da sorte, e eu preciso sempre usar verde ou azul, e a esmeralda é minha pedra da sorte, e...

– Ora, minha pequena, acho que já deveríamos estar indo em frente – seu pai falou.

O sr. Leathern era um homem alto e louro, de aspecto melancólico, com uma expressão um tanto pesarosa.

O sr. Pointz e o sr. Stein estavam voltando dos dardos. O sr. Pointz dava risinhos, e o sr. Stein parecia um pouco tristonho.

– É tudo uma questão de sorte – ele dizia.

O sr. Pointz deu um tapinha jovial no bolso.

– Arranquei dez de você, é isso aí. Técnica, meu rapaz, técnica. Meu velho pai era um jogador de dardos de primeira categoria. Bem, pessoal, vamos indo em frente. Leram a sua mão, Eve? Você ficou sabendo que deverá tomar cuidado quando cruzar com um homem moreno?

– Uma mulher morena – Eve corrigiu. – Ela tem olhos meio vesgos e ela vai ser bem malvada comigo se eu lhe der chance. E eu vou estar casada aos dezessete anos...

Eve apressou o passo com alegria enquanto o grupo se dirigia para o Royal George.

O jantar tinha sido encomendado de antemão por previdência do sr. Pointz, e um garçom reverente os conduziu escada acima até um recinto privativo no primeiro andar. Ali, uma mesa redonda já estava disposta. A janela de sacada, grande, protuberante, dava para o largo do porto e estava aberta. Os ruídos do parque de diversões subiam até eles, com o guincho rouquenho de três carrosséis, cada um bradando uma melodia diferente.

– Melhor fechar isso aí, se quisermos ouvir as

vozes uns dos outros – observou com secura o sr. Pointz, aplicando ação à palavra.

Todos tomaram seus assentos em volta da mesa, e o sr. Pointz sorriu carinhosamente para seus convidados. Ele sentia que estava lhes fazendo bem, e gostava de fazer bem às pessoas. Seu olhar detido passava de um para outro. Lady Marroway – bela mulher – não exatamente "tudo de bom", claro, ele sabia disso – ele tinha perfeita noção de que aquilo que havia chamado a vida inteira de *crème de la crème* teria bem pouco a ver com os Marroway – mas, por outro lado, o *crème de la crème* ignorava no mais alto grau sua própria existência. De qualquer forma, Lady Marroway era uma mulher estonteante a valer – e ele não se importava que ela o lograsse *de fato* no bridge. Com Sir George, a coisa não lhe era tão agradável. O sujeito tinha um olhar suspeito. Explorador descarado. Mas Sir George não tiraria muito de Isaac Pointz. Ele não iria facilitar, ora essa.

O velho Leathern não era mau sujeito – falador demais, é claro, como a maioria dos americanos – adorava contar histórias longas, intermináveis. E ele tinha o hábito desconcertante de pedir informações precisas. Qual era a população de Dartmouth? Em que ano o Naval College tinha sido construído? E assim por diante. Esperava que seu anfitrião fosse uma espécie de Guia Baedeker. Eve era uma garota simpática e animada – ele gostava de incomodá-la. Voz meio rascante, mas ela tinha todos os parafusos no lugar. Uma garota esperta.

O jovem Llewellyn – este aparentava ser um pouco quieto. Parecia que ele tinha algo em mente. Era provável que estivesse duro. Esses sujeitinhos escritores costumavam estar. Parecia que ele podia estar interessado em Janet Rustington. Uma mulher simpática – atraente e astuta também. Mas ela não nos enfiava seus escritos goela abaixo. Escrevia umas coisas meio intelectualizadas, mas você nunca imaginaria ouvir algo de sua boca.

E o velho Leo! *Ele* não estava ficando mais jovem ou mais magro. Então, ignorando na maior felicidade que seu sócio estava, naquele momento, pensando exatamente a mesma coisa sobre ele, o sr. Pointz corrigiu o sr. Leathern quanto à sardinha-europeia ser relacionada a Devon, não a Cornwall, e se preparou para desfrutar de seu jantar.

– Sr. Pointz? – Eve falou depois que pratos quentes de cavala foram servidos diante deles e os garçons haviam saído do recinto.

– Sim, minha jovem dama?

– O senhor tem aquele diamante grande consigo agora? Aquele que o senhor nos mostrou ontem à noite, dizendo que sempre o carregava consigo por aí?

O sr. Pointz seu uma risadinha.

– Isso mesmo. Meu mascote, eu sempre digo. Sim, tenho ele comigo, sem dúvida.

– Acho que isso é incrivelmente perigoso. Alguém poderia surrupiá-lo do senhor no meio da multidão, no parque.

– Nem pensar – o sr. Pointz retrucou. – Eu me cuido muito bem.

– Mas alguém *poderia* – Eve insistiu. – Vocês têm bandidos na Inglaterra assim como nós, não é verdade?

– Ninguém conseguiria botar as mãos na Estrela da Manhã – disse o sr. Pointz. – Para começar, ela fica num bolso interno especial. E, de qualquer forma... o velho Pointz sabe bem o que faz. Ninguém vai roubar a Estrela da Manhã.

Eve riu.

– Aposto que eu conseguiria roubá-la!

– Aposto que você não conseguiria – o sr. Pointz piscou para ela.

– Bem, aposto que eu conseguiria. Eu estava pensando nisso ontem à noite, na cama... depois de o senhor ter mostrado a pedra de mão em mão na mesa. Acho que descobri um jeito bem bacana de roubá-la.

– E que jeito é esse?

Eve inclinou a cabeça para um lado, sacudindo com empolgação seus cabelos louros.

– Não lhe vou contar... agora. Aposta quanto que eu não conseguiria?

Memórias de juventude vieram à mente do sr. Pointz.

– Meia dúzia de pares de luvas – ele respondeu.

– Luvas! – Eve repetiu com desgosto. – Quem é que usa luvas?

– Bem, você usa meias de seda?

– Como não? Meu melhor par desfiou hoje de manhã.

– Pois bem, então. Meia dúzia de pares da mais refinada meia de seda...

– Uh! – Eve exclamou, encantada.

– E quanto ao senhor?

– Bem, eu preciso de uma bolsinha de tabaco nova.

– Certo. Negócio fechado. Não que o senhor vá ganhar a sua bolsinha de tabaco. Agora vou lhe dizer o que o senhor precisa fazer. Quero que mostre o diamante de mão em mão como fez ontem à noite...

Ela se interrompeu quando dois garçons entraram para retirar os pratos. Enquanto todos começavam a se servir do prato seguinte de frango, o sr. Pointz falou:

– Lembre-se do seguinte, minha jovem: se isto vier a representar um roubo efetivo, terei de mandar chamar a polícia, e você seria revistada.

– Por mim, não há problema nenhum. O senhor não precisa ser tão realista assim, a ponto de colocar a polícia na história. Mas Lady Marroway ou a sra. Rustington podem me revistar com o maior rigor que o senhor quiser.

– Bem, é isso, então – disse o sr. Pointz. – O que é que você quer ser da vida? Uma renomada ladra de joias?

– Eu poderia fazer disso uma carreira... se realmente compensasse.

– Se você surrupiasse a Estrela da Manhã, sua recompensa seria grande. Mesmo depois de uma nova lapidação, essa pedra valeria mais de trinta mil libras.

– Nossa! – Eve retrucou, impressionada. – Quanto isso dá em dólares?

Lady Marroway soltou uma exclamação.

– E o senhor carrega uma pedra dessas consigo por aí? – ela perguntou em tom de censura. – Trinta mil libras – e seus cílios escurecidos estremeceram.

A sra. Rustington comentou com suavidade:

– É muito dinheiro... E há também o fascínio da pedra em si... Ela é belíssima.

– É só um pedaço de carbono – Evan Llewellyn disse.

– Sempre ouvi dizer que o receptador é a dificuldade nos roubos de joia – Sir George falou. – Ele fica com a parte do leão... hein?

– Ora – Eve retrucou, excitada –, vamos começar de uma vez. Tire o diamante e diga o que nos disse ontem à noite.

O sr. Leathern falou com sua voz profunda e melancólica:

– Peço desculpas pela minha cria. Ela meio que se deixa levar.

– Nem comece, paizinho – Eve disse. – Pois bem, sr. Pointz...

Sorrindo, o sr. Pointz apalpou um bolso interno. Ele puxou algo para fora. O objeto foi exibido na palma de sua mão, cintilando na luz.

Um diamante...

Um tanto formalmente, o sr. Pointz repetiu, até onde conseguia recordar, sua fala da noite anterior a bordo do *Merrimaid*.

– Talvez queiram, senhoras e senhores, dar uma olhada nisto aqui? É uma pedra extraordinariamente bela. Eu a chamo de Estrela da Manhã, ela é como que o meu mascote... vai comigo para todos os lugares. Gostariam de vê-la?

Ele a entregou para Lady Marroway, que a pegou, exclamou perante sua beleza e a passou ao sr. Leathern, que disse "Excelente, sim, excelente", de um jeito meio artificial, e a repassou, por sua vez, a Llewellyn:

Com os garçons entrando nesse momento, houve uma ligeira parada na reconstituição. Quando recomeçaram, Evans disse "Beleza de pedra" e a passou para Leo Stein, que não se deu ao trabalho de fazer qualquer comentário, passando-a depressa para Eve.

– Mas é perfeitamente adorável! – Eve exclamou com uma voz afetada e estridente. – Ah! – ela soltou um grito consternado quando a joia escorregou de sua mão. – Deixei cair.

Ela empurrou a cadeira para trás e se abaixou para tatear embaixo da mesa. Sir George, à direita dela, curvou-se também. Uma taça despencou da mesa na confusão. Stein, Llewellyn e a sra. Rustington trataram de ajudar na busca. Por fim, Lady Marroway se uniu aos demais.

Apenas o sr. Pointz não tomou parte nas ações. Ele permaneceu em seu assento, sorvendo seu vinho com um sorriso sardônico.

– Minha nossa – Eve disse, ainda em seu jeito artificial. – Que horror! Para *onde* ela pode ter rolado? Não consigo encontrá-la em lugar nenhum.

Um por um, os auxiliares de busca se ergueram.

– Desapareceu mesmo, Pointz – Sir George comentou, sorrindo.

– Ótimo truque – disse o sr. Pointz, assentindo com a cabeça em aprovação. – Você daria uma atriz excelente, Eve. A questão agora é saber se você escondeu a pedra em algum lugar ou tem ela consigo.

– Podem me revistar – Eve afirmou em tom dramático.

O olhar do sr. Pointz apontou para um grande biombo num canto do recinto.

Ele fez um gesto com a cabeça na direção do biombo e então olhou para Lady Marroway e a sra. Rustington.

– Se as senhoras puderem ter a bondade...

– Ora, sem dúvida – Lady Marroway retrucou com um sorriso.

As duas mulheres se levantaram.

Lady Marroway disse:

– Não tenha medo, sr. Pointz. Faremos uma vistoria minuciosa.

As três foram para trás do biombo.

O aposento estava quente. Evan Llewellyn escancarou a janela. Um jornaleiro estava passando.

Evan lhe atirou uma moeda e o homem lhe atirou um jornal.

Llewellyn o desdobrou.

– Situação na Hungria nada boa – comentou.

– É o jornaleco local? – Sir George perguntou. – Estou interessado num cavalo que deve ter corrido hoje em Haldon... Natty Boy.

– Leo – disse o sr. Pointz –, tranque a porta. – Não vamos querer os malditos garçons entrando e saindo até acabar essa história.

– Natty Boy ganhou, três por um – Evan falou.

– Prêmio ridículo – Sir George disse.

– Na maior parte, notícias da regata – Evan comentou enquanto passava os olhos pelo jornal.

As três jovens mulheres saíram de trás do biombo.

– Nem sinal do diamante – Janet Rustington disse.

– Pode acreditar em mim, ela não está com a pedra – Lady Marroway falou.

O sr. Pointz se julgou bastante disposto a crer nela. Havia um timbre sinistro em sua voz, e ele tinha certeza de que a vistoria não deixara escapar nada.

– Diga lá, Eve, você não a engoliu, certo? – o sr. Leathern perguntou, ansioso. – Porque isso talvez não fosse lhe fazer muito bem.

– Eu a teria visto fazendo isso – Leo Stein afirmou com calma. – Eu estava observando a garota. Ela não colocou nada na boca.

– Eu não conseguiria engolir uma coisa grande como aquela, toda pontiaguda – falou Eve, colocando as mãos nos quadris e olhando para o sr. Pointz. – O que me diz, garotão? – perguntou.

– Trate de ficar aí, onde está, e não se mexa – disse o cavalheiro.

Unindo forças, os homens despiram a mesa e a viraram de cabeça para baixo. O sr. Pointz a examinou centímetro por centímetro. Em seguida, transferiu sua atenção para a cadeira na qual Eve estivera sentada e para as duas de cada lado.

A meticulosidade da investigação era impecável. Os outros quatro homens tomaram parte, e as mulheres também. Eve Leathern ficou de pé junto à parede, perto do biombo, e ria com intenso divertimento.

Cinco minutos depois, o sr. Pointz se levantou com um leve gemido pelos joelhos e espanou as calças com tristeza. Seu imaculado frescor estava, em alguma medida, comprometido.

– Eve – ele disse. – Eu lhe tiro meu chapéu. – Você é a melhor coisa, no ramo dos ladrões de joias, que jamais encontrei. Desisto de tentar descobrir o que você fez com essa pedra. Até onde consigo julgar, deve estar neste aposento, se não está com você. Admito a sua superioridade.

– As meias são minhas? – Eve indagou.

– São suas, minha jovem dama.

– Eve, minha pequena, *onde* você pode ter escondido a joia? – a sra. Rustington indagou com curiosidade.

Eve saltitou à frente.

– Vou lhes mostrar. Vocês todos vão ficar simplesmente loucos de frustração.

Ela se dirigiu até a mesa de apoio, onde os utensílios da mesa de refeição haviam sido empilhados de modo descuidado. Pegou ali sua pequena bolsa preta de noite...

– Bem debaixo dos narizes de vocês. Bem...

Sua voz, alegre e triunfante, apagou-se de súbito.

– Ah! – ela exclamou. – *Ah...!*

– Qual é o problema, querida? – seu pai perguntou.

Eve sussurrou:

– Sumiu! *Sumiu...*

– Que história é essa? – Pointz perguntou, adiantando-se.

Eve se voltou para ele num ímpeto.

– Foi assim. Esta bolsa minha tem uma grande pedra falsa no meio do fecho. A pedra caiu ontem à noite, e, bem no momento em que o senhor estava nos mostrando de mão em mão o diamante, eu notei que ele era praticamente do mesmo tamanho. E aí pensei, durante a noite, como seria uma ótima ideia para um roubo encaixar o seu diamante na lacuna com um pouco de plasticina. Tive certeza de que ninguém jamais iria percebê-lo ali. Foi o que eu fiz um momento atrás. Primeiro deixei o diamante cair... e então fui para baixo em busca dele com a bolsa na mão, grudei ele na lacuna com um tantinho de plasticina que eu tinha à mão, coloquei a bolsa em cima da mesa e continuei fingindo procurar a pedra perdida. Achei que seria como "A carta roubada"*... vocês sabem, estando bem ali, em plena vista, embaixo dos narizes de todos vocês, só que parecendo uma imitação comum de diamante. E o meu plano era bom... ninguém de vocês percebeu *mesmo!*

– Será? – falou o sr. Stein.

– O que disse?

– Nada – respondeu Leo Stein.

O sr. Pointz pegou a bolsa, examinou o buraco vazio, no qual ainda estava grudado um fragmento de plasticina, e disse devagar:

– Pode ter caído no chão. É melhor procurarmos de novo.

A busca foi repetida, mas, dessa vez, os procedimentos foram curiosamente silenciosos. Uma atmosfera de tensão impregnava o recinto.

Por fim todos desistiram, um a um. Ficaram se entreolhando.

– O diamante não está neste aposento – Stein afirmou.

---

* Conto de Edgar Allan Poe (1809-1849). (N.T.)

– E ninguém saiu – Sir George falou expressivamente.

Houve um momento de impasse. Eve rompeu em lágrimas.

– Ora, ora – Pointz disse sem jeito.

Sir George se voltou para Leo Stein.

– Sr. Stein – ele falou. – O senhor murmurou algo baixinho instantes atrás. Quando lhe pedi que repetisse, respondeu que não era nada. Na verdade, porém, eu escutei o que o senhor disse. A srta. Eve acabara de dizer que ninguém de nós havia notado onde ela colocara o brilhante. A palavra que o senhor murmurou foi: "Será?". O que temos de enfrentar é a probabilidade de que uma pessoa *chegou* a notá-lo... e que essa pessoa está neste recinto agora. Sugiro que a única coisa justa e honrada é que todos os presentes se submetam a uma revista. O diamante não pode ter saído deste aposento.

Quando Sir George interpretava o papel do velho cavalheiro inglês, ninguém conseguia superá-lo. Sua voz vibrava de indignação e sinceridade.

– Meio desagradável, tudo isso – o sr. Pointz comentou com certa infelicidade.

– É tudo culpa minha – Eve soluçou. – Não era minha intenção...

– Deixe disso, menina – retrucou, amável, o sr. Stein. – Ninguém está culpando você.

O sr. Leathern falou com seu jeito arrastado e pedante:

– Mas, sem dúvida, creio que a sugestão de Sir George haverá de receber a mais irrestrita aprovação de todos nós. De mim, recebe.

– Concordo – disse Evan Llewellyn.

A sra. Rustington olhou para Lady Marroway, que fez um breve gesto de consentimento com a cabeça. As duas voltaram para trás do biombo e foram acompanhadas pela soluçante Eve.

Um garçom bateu à porta e recebeu a ordem de não entrar.

Cinco minutos depois, oito pessoas se entreolharam com incredulidade.

A Estrela da Manhã desaparecera no ar...

Hercule Poirot contemplou, pensativo, o rosto moreno e agitado do homem diante dele.

– *Eh bien?* – falou. – O que quer de mim?

Evan Llewellyn não refletiu sequer por um segundo. Sua resposta veio como um relâmpago:

– A verdade.

Poirot acariciou seu magnífico bigode, pensativo.

– Tem certeza disso... hein?

– Claro que tenho.

– Eu lhe faço a pergunta – Poirot explicou – porque é uma resposta padrão, essa, usada... ah, por tanta gente. E então, quando apresento a verdade para elas, por vezes elas não ficam nem um pouco satisfeitas. Por vezes ficam consternadas, e por vezes embaraçadas, e por vezes completamente... ah sim, já sei... boquiabertas. Que palavra, essa! Uma palavra que me agrada tremendamente.

– O que eu quero é a verdade – Evan repetiu.

– Mas... queira me perdoar... não foi um diamante seu que foi roubado, M. Llewellyn. O senhor deseja me empregar para recuperar a propriedade de outra pessoa... e essa pessoa não é alguém, segundo me parece, totalmente simpático para com o senhor.

– Não é com o velho Pointz que eu estou preocupado.

Poirot olhou para ele com uma expressão intrigada. Evan prosseguiu:

– Eu o procurei por causa de um comentário que o senhor fez certa vez... ou disseram que o senhor fez. Alguém o repetiu para mim.

– E que comentário foi esse?

– Que não era o culpado que importava... e sim o inocente. Isso me levou a sentir que poderia existir... esperança.

Poirot assentiu com um movimento suave da cabeça.

– Ah sim, começo a entender... começo a entender...

– *Eu* sou inocente! Contudo, a menos que a verdade efetiva venha à tona, ninguém jamais pensará isso.

Poirot ficou calado por alguns instantes. Então falou com calma:

– Tem plena certeza de que os fatos são exatamente tais como me relatou? Não há nada que o senhor omitiu?

Evan ponderou por um momento.

– Não creio que eu tenha deixado qualquer coisa de fora. Pointz expôs o diamante e o passou de mão em mão... a desgraçada daquela menina americana o grudou em sua bolsa ridícula e, quando fomos olhar a bolsa, o diamante tinha sumido.

Não estava na posse de ninguém... até o velho Pointz foi revistado... por insistência do próprio... e posso jurar, não estava em lugar algum naquele recinto! *E ninguém saiu do recinto.*

– Os garçons? O *maître d'hôtel*? – Poirot sugeriu.

Llewellyn sacudiu a cabeça.

– Eles saíram antes que a garota começasse a aprontar com o diamante, e depois Pointz trancou a porta de modo a impedir que eles entrassem. Não, só pode ter sido um de nós.

– É o que parece, na certa – Poirot disse. – Um belo probleminha.

– Aquele maldito jornal vespertino! – Evan Llewellyn exclamou com amargura. – Eu percebi quando a ideia lhes entrou na mente... de que aquele seria o único meio...

– Repita-me isso de novo, muito exatamente.

– Era perfeitamente simples. Eu escancarei a janela, assobiei para o homem, lhe atirei um níquel e ele me atirou o jornal. E pronto: veja bem... *o único meio possível de o diamante ter saído daquele recinto...* atirado por mim para um cúmplice à espera na rua, lá embaixo.

– Não era o único meio possível.

– Que outro meio o senhor poderia sugerir?

– Como o senhor afirma que não o atirou, *deve* ter havido algum outro meio.

– Ah, entendo. Eu esperava que o senhor tivesse algo mais definido em mente. Bem, só posso dizer que *não* o atirei. Não posso presumir que o senhor acredite em mim – tampouco que qualquer outra pessoa acredite!

– Ah, sim, eu acredito no senhor – disse Poirot, sorrindo um pouco.

– Acredita? Por quê?

– É uma questão da psicologia – Poirot falou. – O senhor não é do tipo que rouba joias. Existem, crimes, claro, que o senhor poderia cometer... mas não vamos enveredar por esse assunto. De qualquer forma, não consigo ver o senhor como o larápio da Estrela da Manhã.

– Todos os outros conseguem, no entanto – Llewellyn retrucou com amargura.

– Todos?

– Eles ficaram me olhando de um jeito esquisito na ocasião. Marroway pegou o jornal e deu uma olhada de canto pela janela. Não chegou a *dizer* nada. Mas Pointz entrou na onda bem depressa! Eu percebi o que todos eles estavam pensando. Não houve nenhuma acusação *aberta*. Isso é que é o diabo.

Poirot assentiu, compadecido.

– É pior do que isso – falou.

– Sim. É só uma suspeita. Teve um sujeito que apareceu me fazendo certas perguntas... questionamento de rotina, na expressão dele. Um desses novos policiais que usam camisa social, suponho. Cheio de tato... sem insinuar nada em absoluto. Apenas interessado no fato de que eu tinha andado duro e agora estava meio que esbanjando.

– E o senhor estava?

– Sim... um pouquinho de sorte com um ou outro cavalo. Para meu azar, minhas apostas foram feitas direto na corrida... não tenho nada para provar que foi assim que ganhei o dinheiro. Eles não têm como me desmentir, claro – mas esse é justamente o tipo de mentira fácil que um sujeito inventaria caso não quisesse revelar de onde vinha o dinheiro.

– Concordo. Mesmo assim, eles precisarão de bem mais do que isso para ir em frente.

– Ah, não tenho medo de efetivamente ser preso e acusado pelo roubo. Em certo sentido, assim seria mais fácil... você fica sabendo em que pé a coisa está. É o fato medonho de que todas essas pessoas acreditam que eu o surrupiei.

– Tosas essas pessoas? Tem certeza de que o senhor está preocupado com *todas* essas pessoas?

Llewellyn o encarou.

– Não entendo.

– Tenho uma pequena ideia de que não são todas essas pessoas, mas uma pessoa em particular.

Evan Llewellyn corou. Ele disse de novo:

– Não entendo.

Poirot se inclinou à frente de maneira confidencial.

– Mas sim, é isso, não é? Havia uma pessoa em particular? E creio... quase posso afirmar que era a sra. Rustington, sim?

O rosto moreno de Llewellyn corou ainda mais.

– Por que apontar para ela?

Poirot lançou as mãos para o alto.

– Existe obviamente *alguém* cuja opinião importa para o senhor em grande medida... provavelmente uma dama. Que damas havia? Uma petulante americana? Lady Marroway? Mas o senhor provavelmente *subiria* na estima de Lady Marroway, em vez de *cair*, se tivesse levado a cabo tal *golpe*! Já ouvi falar dessa dama! Claramente, então, a sra. Rustington.

Llewellyn falou com certo esforço:

– Ela... ela teve uma experiência um tanto desafortunada. Seu marido era um patife dos pés à cabeça. Ela passou a ter muita relutância quanto a confiar em alguém. Ela... se ela pensar...

Evan Llewellyn teve dificuldade para prosseguir.

– Isso mesmo – Poirot disse. – Portanto, é preciso que ela pare de pensar no que pode estar pensando. A questão precisa ser esclarecida.

Evan soltou uma risada curta.

– Falar é fácil.

– E fazer também é bem fácil – Poirot acrescentou, confiante.

Evan o encarou com incredulidade.

– O senhor acha?

– *Mais oui*... este problema é tão definido! Tantas possibilidades ficam de fora. A resposta só pode ser extremamente simples, de fato. Na verdade, já tenho uma espécie de vislumbre...

Llewellyn continuou a encará-lo.

Poirot puxou um bloco de papel em sua direção e pegou uma caneta.

– Talvez o senhor possa me fazer uma breve descrição do grupo?

– Já não fiz isso?

– Eu me refiro às aparências pessoais... a cor dos cabelos e assim por diante.

– Mas, Monsieur Poirot, o que é que isso *pode* ter a ver?

– Um bocado, *mon ami*, um bocado. Não ouviu o que a vidente disse? Um homem moreno cruza o seu caminho, etc.

Um tanto desconfiado, Evan descreveu a aparência pessoal dos integrantes do grupo iatista.

Poirot fez algumas anotações, empurrou para longe o bloco e disse:

– Excelente. A propósito, o senhor mencionou que uma taça de vinho foi quebrada?

Evan o encarou de novo.

– Sim, foi derrubada da mesa e depois pisaram em cima.

– Muito desagradáveis, os estilhaços de vidro – Poirot comentou. – A taça de vinho era de quem?

– Creio que era da menina... Eve.

– Ah! E quem estava sentado ao lado dela naquele lado?

– Sir George Marroway.

– Você não viu quem dos dois a derrubou da mesa?

– Receio que não. Isso tem importância?

– No fundo, não. Não. Essa foi uma pergunta supérflua. *Eh bien!* – ele se pôs de pé. – Tenha um bom dia, sr. Llewellyn. Poderia me procurar de novo daqui a três dias? Acho que a história toda estará esclarecida de maneira bastante satisfatória por essa altura.

– Está brincando, Monsieur Poirot?

– Eu nunca brinco com questões profissionais – Poirot retrucou com dignidade. – Essa questão é séria. Sexta-feira às 11h30, digamos? Obrigado.

Na manhã de sexta-feira, Evan apareceu com um considerável turbilhão de sensações.

A esperança e o ceticismo lutavam pelo predomínio.

Poirot se levantou para cumprimentá-lo com um sorriso radiante.

– Bom dia, sr. Llewellyn. Sente-se. Aceita um cigarro?

Llewellyn afastou para o lado o maço oferecido.

– Bem? – ele disse.

– Muito bem, de fato – Poirot falou, radiante. – A polícia prendeu a gangue ontem à noite.

– A gangue? Que gangue?

– A gangue Amalfi. Pensei neles de imediato quando o senhor me contou sua história. Reconheci os métodos deles, e, assim que o senhor descreveu os convidados, *eh bien*, não restou na minha mente qualquer dúvida em absoluto!

– Mas... bem... quem *são* os membros dessa gangue Amalfi?

– Pai, filho e nora... isto é, se Pietro e Maria forem realmente casados... *entre nous*, há certa dúvida nesse ponto.

– Não estou entendendo – Evan falou, perplexo.

– Mas é tão simples! O nome é italiano, e, sem dúvida, a origem é italiana, mas o velho Amalfi nasceu na América. Seus métodos costumam ser sempre os mesmos. Ele se passa por um homem de negócios verdadeiro cujo nome é bem conhecido no ramo, apresenta-se a uma figura proeminente do comércio de joias em certo país europeu e aí executa seu pequeno truque. Neste caso, ele estava deliberadamente no rastro da Estrela da Manhã. A idiossincrasia de Pointz era bastante conhecida no ramo. Maria Amalfi interpretava o papel da filha (criatura espantosa, 27 anos no mínimo, e quase sempre interpreta uma personagem de 16 anos).

– Não... Eve! – Llewellyn engasgou.

– *Précisément.* A pequena Eve. A menininha inocente. *C'est épatant, n'est ce pas?** O terceiro membro da gangue conseguiu ser aceito como garçom extra no Royal George... era o período de férias, o senhor deve recordar, e eles precisariam de pessoal extra. Ele pode até mesmo ter subornado um funcionário regular para ficar em seu lugar. O cenário é armado. Eve desafia o velho Pointz com seu jeito ingênuo de colegial e ele topa a aposta. Ele passa o diamante de mão em mão como fez na noite anterior. Os garçons entram no recinto para retirar os pratos, e Leathern retém a pedra até que eles saiam do recinto. Quando eles afinal saem, o diamante sai também, *destramente grudado, com um naco de goma de mascar, ao lado de baixo do prato que Pietro leva embora.* Tão simples!

– Mas eu vi o diamante *depois* disso.

– Não, não você viu uma réplica, boa o bastante para enganar um olhar casual. Stein, o único que poderia ter constatado a fraude, mal olhou a pedra, como o senhor me contou. Eve a deixa cair, derruba uma taça ao mesmo tempo, e pisa com firmeza na pedra e no vidro juntos. Miraculoso desapareci-

* "É formidável, não?" (N.T.)

mento do diamante! Tanto Eve como Leathern podem, então, ser submetidos a tantas revistas quantas forem solicitadas!

– Bem... estou...

Evan sacudiu a cabeça, sem palavras.

– O senhor disse que reconheceu a gangue pela minha descrição... Eles já tinham aplicado esse truque antes?

– Não exatamente... mas era um negócio típico deles. Naturalmente, minha atenção se direcionou de imediato para a garota Eve.

– Por quê? Eu não suspeitei dela... ninguém suspeitou. Ela parecia tão... tão *criança.*

– Esse é o peculiar talento de Maria Amalfi. Ela lembra mais uma criança do que qualquer criança poderia ser! Mas recorde a plasticina! Essa aposta era para ter surgido muito espontaneamente... no entanto, a pequena dama tinha um pouco de plasticina consigo bem à mão. Isso revelava uma premeditação. Minhas suspeitas se aferraram a ela de imediato.

Llewellyn se colocou de pé.

– Monsieur Poirot, eu... eu... nem posso lhe dizer o quanto lhe fico grato. É... é maravilhoso.

Poirot fez um gesto depreciativo.

– Uma insignificância – murmurou. – Mera insignificância.

– O senhor me informará quanto... hã... – Llewellyn gaguejou de leve.

– Meus honorários serão moderadíssimos – Poirot falou piscando um olho. – Não farão um buraco muito grande nos... hã... lucros da corrida de cavalos. Mesmo assim, meu jovem, eu aconselharia, creio, deixar os cavalos de lado no futuro. Um animal meio incerto, o cavalo.

– Certo – disse Evan. – Pode apostar que deixarei.

Ele apertou a mão de Poirot e saiu do escritório a passos largos.

Chamou um táxi e deu o endereço do apartamento de Janet Rustington.

Sentia-se capaz de superar todos os obstáculos em seu caminho.

A versão alternativa deste conto, com Parker Pyne no lugar de Hercule Poirot, "O mistério da regata", pode ser encontrada no volume *Problemas em Pollensa Bay*, e também na coletânea *Detectives and Young Adventurers: The Complete Short Stories.**

---

* Em português, pode ser encontrada no volume *O detetive Parker Pyne* (L&PM, 2012). (N.T.)

O sonho

"The Dream" foi publicado pela primeira vez nos Estados Unidos em *The Saturday Evening Post* em 23 de outubro de 1937, e então em *The Strand* em fevereiro de 1938.

I

Hercule Poirot olhou a casa toda com admiração. Seus olhos passearam por um instante pelos arredores, as lojas, o grande prédio da fábrica à direita, os conjuntos de apartamentos baratos do outro lado da rua.

Então seus olhos se voltaram mais uma vez para Northway House, relíquia de uma época remota – época de espaço e de lazer, quando campos verdes cercavam sua arrogância bem nascida. Agora ela era anacrônica, afundada e escondida no mar agitado da Londres moderna, e ninguém saberia dizer onde ficava.

Mais do que isso, poucas pessoas saberiam dizer a quem ela pertencia, apesar do nome de seu proprietário ser reconhecido como um dos homens mais ricos do mundo. O dinheiro também pode abafar a notoriedade assim como ostentá-la. Benedict Farley, aquele milionário excêntrico, decidiu não promover o lugar em que escolheu morar. Ele mesmo raramente era visto, fazendo poucas aparições públicas. De tempos em tempos, aparecia nas reuniões da diretoria, e sua figura magra, com nariz pontudo e uma voz áspera, facilmente dominava os diretores reunidos. Fora isso, era apenas um personagem legendário muito famoso. Havia histórias de malvadezas, de generosidades, assim como detalhes mais pessoais – o famoso roupão de patchwork de 28 anos, a dieta imutável à base de sopa de repolho e caviar, a aversão a gatos. O público sabia de todas essas coisas.

Hercule Poirot também sabia. Era tudo o que sabia sobre o homem que estava prestes a visitar. A carta que estava em seu bolso lhe dizia pouco mais.

Depois de observar por um minuto ou dois em silêncio esse marco melancólico de uma época passada, ele subiu os degraus até a porta da frente e apertou a campainha, ao mesmo tempo em que olhava para o belo relógio de pulso que havia substituído um antigo favorito – um grande relógio de bolso antigo. Sim, eram exatamente nove e meia. Como sempre, Hercule Poirot havia sido pontual.

A porta só abriu depois do intervalo de tempo correto. Um exemplar perfeito da espécie mordomo estava parado contra a luz do hall.

– O sr. Benedict Farley está? – perguntou Hercule Poirot.

O olhar impessoal o observou da cabeça aos pés, de maneira inofensiva, porém, eficiente.

En gros et en détail, pensou Hercule Poirot consigo mesmo, com admiração.

– O senhor marcou horário? – perguntou a voz suave.

– Sim.

– O seu nome, senhor?

– Monsieur Hercule Poirot.

O mordomo deu passagem e Hercule Poirot entrou na casa. O mordomo fechou a porta atrás dele.

No entanto, ainda havia mais uma formalidade antes que as mãos habilidosas pegassem o chapéu e a bengala do visitante.

– Me perdoe, senhor. Eu devo lhe pedir uma carta.

Com cuidado, Poirot pegou a carta dobrada em seu bolso e a entregou para o mordomo. Ele só deu uma olhada e a devolveu se curvando. Hercule Poirot a colocou de volta no bolso. Seu conteúdo era simples.

Northway House, W. 8
Monsieur Hercule Poirot
Caro senhor,
O sr. Benedict Farley gostaria de ter o benefício do seu auxílio. Se for conveniente para o senhor, ele ficaria grato se o visitasse no endereço acima às nove e meia da noite, amanhã (quinta-feira).

Sinceramente,
Hugo Cornworthy
(Secretário)

P.S. Por favor, traga a carta com o senhor.

Com agilidade, o mordomo pegou o chapéu, a bengala e o sobretudo de Poirot e disse:

– Por favor, me acompanhe até a sala do sr. Cornworthy.

Ele foi na frente, escada acima. Poirot o seguiu, olhando com admiração para aqueles *objets d'art* como se fossem uma floresta opulenta e florida! Seu gosto para arte sempre fora um pouco burguês.

No primeiro andar, o mordomo bateu em uma porta.

As sobrancelhas de Hercule Poirot se ergueram levemente. Foi o primeiro detalhe irritante. Os melhores mordomos não batem em portas – e sem dúvida esse era um mordomo de primeira classe!

Foi, por assim dizer, o primeiro contato com a excentricidade do milionário.

Uma voz vinda de dentro disse algo. O mordomo abriu a porta. Ele anunciou (e novamente Poirot percebeu um distanciamento deliberado da ortodoxia):

– O cavalheiro que o senhor estava esperando.

Poirot entrou na sala. Era uma sala de tamanho bom, mobiliada de maneira muito simples e com bom gosto. Arquivos, livros de referência, duas poltronas confortáveis e uma mesa grande e imponente coberta por documentos bem organizados. Os cantos da sala eram escuros, pois a única luz vinha de uma luminária de leitura esverdeada que estava sobre uma mesa pequena perto do braço de uma das poltronas. Estava colocada de maneira a jogar toda a sua luz em qualquer um que entrasse pela porta. Hercule Poirot piscou um pouco e percebeu que a lâmpada deveria ser de pelo menos 150 watts. Na poltrona estava sentada uma figura magra vestindo um roupão de patchwork – Benedict Farley. Sua cabeça estava esticada para frente em uma atitude característica e seu nariz pontudo se projetava como se fosse o de um pássaro. Um tufo de cabelos brancos como de uma cacatua se erguia acima da testa. Seus olhos brilhavam por trás das lentes grossas, como se ele observasse seu visitante com suspeita.

– Ei – ele disse afinal. E sua voz era aguda e desafinada, com um tom áspero. – Então o senhor é Hercule Poirot, hein?

– Ao seu dispor – falou Poirot de forma educada e curvou-se com uma mão nas costas da poltrona.

– Sente-se, sente-se – disse o velho homem de maneira impaciente.

Hercule Poirot se sentou – sob a luz da luminária. Por trás dela, o velho parecia estudá-lo com atenção.

– Como posso ter certeza de que o senhor é Hercule Poirot... hein? – ele perguntou irritado. – Me diga, como?

Poirot tirou a carta do bolso mais uma vez e a entregou para Farley.

– Sim – admitiu o milionário de modo relutante. – É isso. Foi isso que pedi para Cornworthy escrever. – Ele a dobrou e devolveu-a. – Então o senhor é o cara, não é?

Com um pequeno aceno de mão, Poirot disse:

– Eu garanto ao senhor que não há nenhum truque.

Benedict Farley soltou uma risada repentina.

– É isso que o mágico diz antes de tirar o coelho da cartola! O discurso faz parte do truque, o senhor sabe!

Poirot não respondeu. Farley disse de repente:

– Acha que sou um velho desconfiado, não é? Eu sou. Não confio em ninguém! Esse é o meu lema. Não se pode confiar em ninguém quando se é rico. Não, não, não se pode.

– O senhor desejava – Poirot sugeriu gentilmente – me consultar?

O velho assentiu com a cabeça.

– Vá aos especialistas e não pense nos custos. O senhor vai perceber, monsieur Poirot. Não perguntei quanto cobra. E nem vou perguntar. Mande-me a conta depois... eu não vou reclamar. Para o inferno os idiotas da leiteria que queriam me cobrar dois e noventa pelos ovos quando dois e setenta é o preço de mercado... um bando de pilantras! Eu não serei enganado. Mas os homens do topo são diferentes. Eles valem o dinheiro. Eu também estou no topo... eu sei.

Hercule Poirot não respondeu. Ouviu com atenção, com a cabeça um pouco inclinada para um lado.

Por trás de sua aparência inexpressiva, Poirot encobria um sentimento de decepção. Ele não sabia identificar direito. Até o momento, Benedict Farley havia agido de acordo com o estereótipo, isto é, agiu de acordo com a imagem conhecida dele; e ainda assim... Poirot estava decepcionado.

"O homem" ele disse com nojo para si mesmo – "é uma farsa, nada além de uma farsa!".

Havia conhecido outros milionários, homens excêntricos também, mas, em quase todos os casos, havia percebido uma força, uma energia interna que exigia o seu respeito. Se estavam vestidos com um roupão de patchwork, é porque gostavam de usar roupões assim. Mas o roupão de Benedict Farley, assim parecia a Poirot, era essencialmente um figurino. E o homem em si era essencialmente teatral. Cada palavra que dizia era articulada, disso Poirot tinha certeza, para causar efeito.

Ele repetiu de novo sem emoção:

– O senhor queria me consultar, sr. Farley?

A atitude do milionário mudou de maneira repentina.

Ele se inclinou para frente. O tom de sua voz baixou e ficou esganiçado.

– Sim, sim. Eu queria ouvir o que o senhor tem a dizer, o que o senhor pensa. Vá ao topo! É o meu jeito! O melhor médico... o melhor detetive... está entre os dois.

– Monsieur, eu não estou entendendo.

– Claro – respondeu Farley rapidamente. – Eu não comecei a contar.

Ele se inclinou para frente mais uma vez e disparou uma pergunta repentina.

– O que o senhor sabe, monsieur Poirot, sobre sonhos?

As sobrancelhas do pequeno homem se ergueram. Seja lá o que estivesse esperando, não era isso.

– Em relação a isso, monsieur Farley, recomendo o *Livro dos Sonhos* de Napoleão, ou o psicólogo mais atual da Harley Street.

Benedict Farley disse de maneira sóbria:

– Já tentei os dois.

Houve uma pausa. Então o milionário falou, primeiro quase em um sussurro, e depois com um tom de voz cada vez mais alto.

– É o mesmo sonho, noite após noite. E tenho medo, devo dizer ao senhor, tenho medo... é sempre o mesmo. Estou sentado em minha sala ao lado desta. Sentado em minha escrivaninha, escrevendo. Há um relógio lá e eu olho para ver as horas: exatamente 15h28. Sempre a mesma hora, o senhor compreende? *E quando eu vejo a hora,* monsieur Poirot, *eu sei que tenho que fazer.* Eu não quero, detesto ter que fazer, mas tenho de...

A voz dele se ergueu, aguda.

Inabalável, Poirot disse:

– E o que é que o senhor tem de fazer?

– Às 15h28 – Benedict Farley disse com a voz rouca –, abro a segunda gaveta à direita da minha escrivaninha, tiro o revólver que guardo lá, carrego-o e caminho até a janela. E então... então...

– Sim?

Benedict Farley disse em um sussurro:

– Então, eu me mato.

Houve um momento de silêncio.

Em seguida, Poirot perguntou:

– Esse é o seu sonho?

– Sim.

– O mesmo todas as noites?

– Sim.

– E o que acontece depois que o senhor se mata?

– Eu acordo.

Poirot acenou devagar e de maneira pensativa com a cabeça.

– O senhor mantém um revólver nessa gaveta específica?

– Sim.

– Por quê?

– Eu sempre fiz isso. Também para estar preparado.

– Preparado para quê?

Fairley disse irritado:

– Um homem na minha posição precisa estar atento. Todo homem rico tem inimigos.

Poirot não continuou com o assunto. Permaneceu em silêncio um ou dois minutos, então falou:

– Por que o senhor me chamou exatamente?

– Eu lhe direi. Em primeiro lugar, consultei um médico... três médicos para ser exato.

– E?

– O primeiro me disse que isso ocorre devido à alimentação. Era um homem idoso. O segundo era um jovem da escola moderna. Para ele, tudo estava ligado a certo evento que aconteceu na infância naquela hora específica, 15h28, e que estou tão determinado a não lembrar do evento que eu o simbolizo destruindo a mim mesmo. Essa é a explicação.

– E o terceiro médico? – perguntou Poirot.

A voz de Benedict Farley se ergueu com uma raiva estridente.

– Também era jovem e veio com uma teoria absurda! Segundo ele, eu estou cansado da vida, a minha vida me é tão insuportável que quero terminar com ela! Mas como reconhecer esse fato seria reconhecer que sou uma falha, recuso-me a encarar a verdade enquanto estou acordado. Quando adormeço, todas as inibições perdem força e coloco em prática *o que eu realmente quero fazer*. Acabar com a minha vida.

– A opinião dele é que você quer, de maneira inconsciente, cometer suicídio? – disse Poirot.

Benedict Farley exclamou de modo esganiçado.

– E isso é impossível, impossível! Sou muito feliz! Tenho tudo o que quero, tudo o que o dinheiro pode comprar! É fantástico... e no mínimo absurdo sugerir algo nesse sentido.

Poirot olhou para ele com interesse. Talvez algo nas mãos que tremiam e o tom agudo e falho da voz o alertaram para veemência daquela negação, que a insistência em si era suspeita. Ele se conteve e perguntou:

– E onde eu entro, monsieur?

Benedict Farley se acalmou de repente. Bateu o dedo de modo enfático na mesa ao lado dele.

– Há outra possibilidade. E, se estiver correta, o senhor é o homem que saberá a respeito! O senhor é famoso, teve centenas de casos, extraordinários, improváveis! Mesmo que ninguém mais saiba, o senhor deve saber.

– Saber o quê?

A voz de Farley converteu-se em um sussurro.

– Vamos supor que alguém queira me matar... Isso seria possível desse jeito? Poderiam me fazer sonhar esse sonho noite após noite?

– O senhor se refere a hipnose?

– Sim.

Hercule Poirot pensou a respeito.

– Seria possível, eu imagino – ele disse enfim. – É um assunto para um médico.

– O senhor conheceu caso semelhante em sua carreira?

– Não exatamente nessa linha, não.

– O senhor vê a que ponto estou? Me fazem sonhar o mesmo sonho noite após noite, noite após noite e, então, chega o dia em que a sugestão é forte demais para mim... e *eu ajo de acordo*. Faço o que venho sonhando com tanta frequência: me mato!

Hercule Poirot balançou a cabeça devagar.

– O senhor não acha que isso seja possível? – perguntou Farley.

– Possível? – Poirot balançou a cabeça. – Essa é uma palavra que tomo cuidado em usar.

– Mas o senhor acha improvável?

– Bastante improvável.

Benedict Farley murmurou.

– O médico disse isso também.

Então sua voz se tornou aguda novamente e ele exclamou:

– Mas por que eu tenho esses sonhos? Por quê? Por quê?

Hercule Poirot balançou a cabeça. Benedict Farley disse de repente:

– O senhor tem certeza de que nunca encontrou um caso como esse na sua carreira?

– Tenho.

– Era isso que eu queria saber.

Com delicadeza, Poirot limpou a garganta.

– O senhor me permite – ele disse – uma pergunta?

– O que é? O que é? Pergunte o que quiser.

– Quem você suspeita que quer matá-lo?

Farley respondeu rapidamente:

– Ninguém. Ninguém mesmo.

– Mas a ideia lhe veio à cabeça sem mais nem menos? – Poirot insistiu.

– Eu queria saber se isso é possível.

– Segundo a minha experiência, eu diria que não. Aliás, o senhor já foi hipnotizado alguma vez?

– Claro que não. O senhor acha que eu me prestaria a isso?

– Então, acho que podemos afirmar que sua teoria é definitivamente improvável.

– Mas e o sonho, seu tolo, o sonho.

– O sonho é muito impressionante – disse Poirot com cautela. Fez uma pausa e então continuou: – Eu gostaria de ver a cena onde isso acontece no sonho... a mesa, o relógio e o revólver.

– Claro, eu levo o senhor à sala ao lado.

Ajustando as abas do seu roupão ao redor de si, o velho não tinha terminado de se levantar da cadeira quando parou de repente. Como se um pensamento tivesse lhe vindo à cabeça, voltou ao seu lugar.

– Não – ele disse. – Não há o que ver lá. Eu disse tudo o que há para ser dito.

– Mas eu gostaria de ver por mim mesmo.

– Não há necessidade – Farley disse rapidamente. – O senhor me deu a sua opinião. E é isso.

Poirot deu de ombros.

– Como quiser – ele se levantou. – Sinto muito, sr. Farley, não poder lhe ser útil.

Benedict Farley olhava fixamente para ele.

– Não quero muito estardalhaço sobre isso – ele grunhiu. – Expus os fatos. O senhor não pode fazer o que quiser com eles. Isso encerra o assunto. O senhor pode me mandar uma cobrança com o valor da consultoria.

– Não deixarei de fazê-lo – o detetive disse secamente. E caminhou em direção à porta.

– Espere um minuto – o milionário o chamou de volta. – Aquela carta... eu a quero.

– A carta do seu secretário?

– Sim.

As sobrancelhas de Poirot se ergueram. Ele colocou a mão no bolso, tirou uma folha dobrada e a entregou ao velho. Este a examinou e a colocou sobre a mesa ao lado dele enquanto assentia com a cabeça.

Mais uma vez Hercule Poirot caminhou para a porta. Estava confuso. Sua mente sobrecarregada repassava diversas vezes a história que tinha ouvido. Ainda assim, em meio à sua preocupação, uma sensação insistente de que havia algo errado se impunha. E aquilo tinha a ver com ele mesmo e não com Benedict Farley.

Com a mão na maçaneta, sua mente clareou. Ele, Hercule Poirot, era culpado por um erro! Virou-se para a sala uma vez mais.

– Mil perdões! Cometi uma besteira em relação ao seu problema. A carta que entreguei ao senhor... por engano eu coloquei minha mão no bolso direito em vez do esquerdo.

– O que quer dizer? O que quer dizer?

– A carta que lhe entreguei agora é um pedido de desculpas da minha lavadeira sobre como ela lida com os meus colarinhos. – Poirot estava sorrindo, pedindo desculpas. Ele enfiou a mão no bolso esquerdo. – Esta é a *sua* carta.

Benedict Farley deu uma olhada nela e resmungou:

– Por que diabos você não presta atenção no que faz?

Poirot recuperou a carta de sua lavadeira, desculpou-se graciosamente mais uma vez e saiu da sala.

Ele parou por um instante do lado de fora, no topo da escada. Era um lugar espaçoso. Bem em frente a ele havia um banco de carvalho grande e velho, e uma mesa de refeitório. Havia revistas sobre a mesa. Também havia duas poltronas e uma mesa com flores. Para ele, tudo isso lembrava vagamente uma sala de espera de dentista.

O mordomo estava no hall esperando para abrir a porta para ele.

– Posso chamar um táxi, senhor?

– Não, obrigado. A noite está boa. Vou caminhando.

Hercule Poirot parou por um instante na calçada esperando para atravessar a rua movimentada.

Uma ruga se formou em sua testa.

– Não – ele disse a si mesmo. – Eu não entendo. Nada faz sentido. Infelizmente, tenho de admitir que eu, Hercule Poirot, estou completamente perplexo.

Aquilo foi o que pode ser chamado de primeiro ato da peça. O segundo ato aconteceria uma semana mais tarde. Ele começou com um telefonema de um certo dr. John Stillingfleet.

Ele disse com uma impressionante falta de decoro médico:

– É você, Poirot, meu velho? Stillingfleet falando.

– Sim, meu amigo. O que há?

– Falo de Northway House, casa de Benedict Farley.

– Ah, pois não? – a voz de Poirot se acelerou com o interesse. – O que há com o sr. Farley?

– Farley está morto. Atirou em si mesmo esta tarde.

Houve uma pausa, então Poirot disse:

– Sim.

– Percebo que o senhor não está surpreso. Sabe alguma coisa a respeito, meu velho?

– Por que você acha isso?

– Bem, não se trata de dedução, telepatia ou qualquer coisa do tipo. Encontramos um bilhete de Farley para você marcando um encontro uma semana atrás.

– Entendi.

– Temos um inspetor de polícia muito amigável aqui. Precisamos ser cuidadosos, você sabe, quando esses milionários acabam consigo mesmos. Achei que talvez o senhor pudesse esclarecer algo sobre o caso. Se sim, pode nos ajudar?

– Irei até aí imediatamente.

– Bom para você, meu velho. Um pouco de trabalho sujo, hein?

Poirot apenas repetiu que partiria imediatamente.

– Não quer dar com a língua nos dentes pelo telefone. Tudo bem. Até logo.

Quinze minutos mais tarde, Poirot estava sentado na biblioteca, uma sala longa e baixa nos fundos do térreo de Northway House. Havia outras cinco pessoas na sala: o inspetor Barnett; o dr. Stillingfleet; a sra. Farley, viúva do milionário; Joanna Farley, sua única filha; e Hugo Cornworthy, seu secretário particular.

O inspetor Barnett era um homem discreto com um ar militar. O dr. Stillingfleet, cujo comportamento profissional era completamente diferente do seu estilo ao telefone, era um jovem alto, de rosto comprido, com cerca de trinta anos. A sra. Farley era obviamente muito mais nova do que seu marido. Era uma mulher bonita de cabelos escuros. Sua boca era marcante e seus olhos pretos não davam pista sobre suas emoções. Parecia muito comedida. Joanna Farley tinha os cabelos claros e um rosto cheio de sardas. O nariz e o queixo proeminentes eram claramente herdados do pai. Seus olhos eram inteligentes e pequenos. Hugo Cornworthy era um jovem bonito, muito bem-vestido. Parecia inteligente e eficiente.

Depois dos cumprimentos e das apresentações, Poirot narrou de modo simples e claro as circunstâncias de sua visita e a história que Benedict Farley lhe contara. Não podia reclamar de que ninguém estivesse prestando atenção.

– A história mais extraordinária que já ouvi – disse o inspetor. – Um sonho, é? A senhora sabia algo a respeito, sra. Farley?

Ela confirmou com a cabeça.

– Meu marido comentou comigo. Isso o incomodava muito. Eu disse que devia ser indigestão;

a dieta dele, o senhor sabe, era muito diferente... e sugeri que chamasse o dr. Stillingfleet.

O jovem homem balançou a cabeça.

– Ele não me procurou. Segundo a história de monsieur Poirot, creio que ele foi até Harley Street.

– Gostaria da sua opinião sobre esse ponto, doutor – disse Poirot. – O sr. Farley me disse que consultou três especialistas. O que o senhor acha das teorias que eles propuseram?

Stillingfleet franziu o rosto.

– É difícil dizer. O senhor precisa levar em consideração que o que ele passou para o senhor não foi exatamente o que foi dito a ele. Era a interpretação de um leigo.

– O senhor quer dizer que ele não entendeu o jargão?

– Não exatamente. Quero dizer que eles explicaram tudo para ele em termos profissionais, ele distorceu o que ouviu e colocou isso em suas próprias palavras.

– Então o que ele me disse não foi exatamente o que os médicos disseram.

– Isso é o que me ocorre. Apenas compreendeu errado, se o senhor entende o que quero dizer.

Poirot sacudiu a cabeça pensativo.

– Sabe-se quem ele consultou? – ele perguntou.

A sra. Farley balançou a cabeça, e Joanna Farley comentou:

– Nenhum de nós sabia que ele havia procurado médicos.

– Ele falou sobre o sonho com você? – Poirot perguntou.

A garota sacudiu a cabeça.

– E com o senhor, sr. Cornworthy?

– Não, ele não me disse nada. Escrevi para o senhor a carta que ele ditou, mas não fazia ideia de por que ele queria consultá-lo. Achei que poderia ter algo a ver com alguma irregularidade nos negócios.

Poirot perguntou:

– E agora, quais foram os verdadeiros fatos da morte do sr. Farley?

O inspetor Barnett olhou de modo interrogativo para a sra. Farley e para o dr. Stillingfleet, e então assumiu o papel de porta-voz.

– O sr. Farley tinha o hábito de trabalhar em sua sala no primeiro andar todas as tardes. Eu soube que havia um grande projeto de negócio à vista.

Ele olhou para Hugo Cornworthy, que disse:

– Consolidated Coachlines.

– Por causa disso – continuou o inspetor Barnett –, o sr. Farley havia concordado em dar entrevista a dois membros da imprensa. Ele raramente fazia coisas desse tipo, cerca de uma vez a cada cinco anos. Eu compreendo. Assim, dois jornalistas, um do Associated Newsgroup e outro do Amalgamated Press-sheets, chegaram às 15h15 para o encontro. Esperaram no primeiro andar do lado de fora da porta do sr. Farley, que era o lugar que as pessoas que tinham um encontro com o sr. Farley aguardavam. Às 15h20, um mensageiro chegou do escritório da Consolidated Coachlines com alguns papéis urgentes. Ele foi levado até a sala do sr. Farley, onde entregou os documentos. O sr. Farley o acompanhou até a porta e dali falou com os dois jornalistas. Ele disse: "Sinto muito, cavalheiros, por fazê-los esperarem, mas tenho negócios urgentes para resolver. Serei o mais rápido possível".

"Os dois cavalheiros, o sr. Adams e o sr. Stoddart, garantiram ao sr. Farley que eles esperariam o quanto fosse necessário. Ele voltou para a sua sala, fechou a porta e não foi mais visto com vida!"

– Continue – disse Poirot.

– Um pouco depois das quatro horas – continuou o inspetor –, o sr. Cornworthy saiu da sua sala, que fica ao lado da do sr. Farley, e ficou surpreso ao ver os dois jornalistas ainda esperando. Ele queria que o sr. Farley assinasse algumas cartas e pensou que era melhor lembrá-lo de que os dois cavalheiros estavam esperando por ele. Por isso entrou na sala do sr. Farley. Para sua surpresa, não viu o sr. Farley em um primeiro momento e pensou que a sala estivesse vazia. Só então notou um sapato saindo de trás da mesa (que está colocada em frente à janela). Rapidamente foi até lá e descobriu o sr. Farley morto no chão, com um revólver ao seu lado.

"O sr. Cornworthy saiu apressado da sala e pediu que o mordomo ligasse para o sr. Stillingfleet. Segundo o conselho deste, o sr. Cornworthy também informou a polícia."

– O tiro não foi ouvido? – perguntou Poirot.

– Não. O trânsito é muito barulhento aqui, a janela que fica perto do alto da escada estava aberta. Com o barulho dos motores e das buzinas, seria quase improvável que alguém percebesse.

Poirot balançou a cabeça pensativo.

– A que horas imagina-se que ele morreu? – perguntou.

Stillingfleet disse:

– Examinei o corpo assim que cheguei, isto é, às 16h32. O sr. Farley estava morto há pelo menos uma hora.

O rosto de Poirot estava muito sério.

– Então, parece possível que sua morte tenha ocorrido no horário que ele havia mencionado para mim, isto é, às 15h28.

– Exatamente – disse Stillingfleet.

– Alguma digital no revólver?

– Sim, a dele.

– E o revólver em si?

O inspetor assumiu a história.

– Era o que ele mantinha na segunda gaveta do lado direito da sua mesa, assim como ele lhe contou. A sra. Farley o identificou. Além disso, há apenas uma entrada para a sala, a porta que dá para o alto da escada. Os jornalistas estavam sentados exatamente em frente àquela porta e juram que ninguém entrou lá do momento em que o sr. Farley falou com eles até o sr. Cornworthy entrar na sala pouco depois das quatro horas.

– Então, tudo indica que realmente o sr. Farley cometeu suicídio.

O inspetor Barnett sorriu levemente.

– Não haveria dúvidas se não fosse por um detalhe.

– Qual?

– A carta endereçada a você.

Poirot também sorriu.

– Entendi! Quando Hercule Poirot está envolvido sempre há uma suspeita de assassinato!

– Exato – disse o inspetor com um tom seco. – No entanto, depois de o senhor explicar a situação...

Poirot o interrompeu.

– Um minutinho.

Ele se virou para a sra. Farley.

– O seu marido foi hipnotizado alguma vez?

– Nunca.

– Ele estudou a questão da hipnose? Estava interessado no assunto?

Ela balançou a cabeça negativamente.

– Acho que não.

De repente, o seu comedimento parecia ter se perdido.

– Aquele sonho horrível! É muito estranho que ele tenha sonhado com aquilo noite após noite e, então, é como se tivesse... *buscado* a morte!

Poirot lembrou-se do que Benedict Farley lhe dissera: "Coloco em prática *o que eu realmente quero fazer*. Acabar com a minha vida".

Ele disse:

– Já lhe passou pela cabeça que seu marido pudesse estar tentado dar fim à própria vida?

– Não... Embora, de vez em quando, ele fosse muito estranho.

A voz de Joanna Farley interrompeu de maneira clara e insolente.

– Papai nunca se mataria. Ele era cuidadoso demais consigo mesmo.

O dr. Stillingfleet disse:

– Não são as pessoas que ameaçam cometer suicídio que normalmente o fazem, a senhorita sabe, srta. Farley. É por isso que às vezes os suicídios parecem incompreensíveis.

Poirot se levantou.

– Posso – ele perguntou – ver o quarto onde a tragédia aconteceu?

– Certamente, dr. Stillingfleet.

O médico acompanhou Poirot escada acima.

A sala de Benedict Farley era muito maior que a do secretário, que ficava logo ao lado. Era decorada de maneira luxuosa com poltronas de couro, um carpete grosso e uma maravilhosa escrivaninha de proporções enormes.

Poirot passou por trás dela para chegar aonde uma mancha no carpete aparecia bem embaixo da janela. Lembrou-se do milionário dizendo: "Às 15h28, abro a segunda gaveta à direita da minha escrivaninha, tiro o revólver que guardo lá, carrego-o e caminho até a janela. E então... Então, eu me mato".

Ele sacudiu a cabeça devagar. Em seguida, disse:

– A janela estava aberta desse jeito?

– Sim. Mas ninguém poderia ter entrado por aí.

Poirot colocou a cabeça para fora. Não havia beirada, parapeito ou cano por perto. Nem mesmo um gato conseguiria entrar por ali. Do lado oposto, erguia-se o muro branco da fábrica, uma parede sem janelas.

Stillingfleet disse:

– Engraçado um milionário escolher uma sala assim como seu santuário, com uma vista como essa. É como olhar para a parede de uma prisão.

– Sim – falou Poirot. Ele voltou com a cabeça para dentro e ficou olhando para a superfície de tijolos sólidos. – Eu acho – disse – que aquele muro é importante.

Stillingfleet olhou para ele com curiosidade.

– O senhor quer dizer psicologicamente?

Poirot tinha passado para a mesa. De forma aleatória, ou assim parecia, pegou um par do que se costuma chamar de rebitador sanfona. Ele pressionou os pegadores e a sanfona atingiu sua extensão máxima. Com delicadeza, Poirot pegou com eles um fósforo usado que estava ao lado de uma cadeira, a alguns centímetros de distância, e colocou-o cuidadosamente no cesto de lixo.

– Quando o senhor terminar de brincar com isso... – disse Stillingfleet irritado.

Hercule Poirot murmurou:

– Uma invenção engenhosa – e colocou o rebitador cuidadosamente de volta na escrivaninha.

E perguntou:

– Onde estavam a sra. e a srta. Farley na hora do ocorrido?

– A sra. Farley estava descansando em seu quarto no andar de cima. A srta. Farley estava pintando no estúdio no sótão da casa.

Hercule Poirot bateu com os dedos aleatoriamente na mesa por um ou dois minutos. Então disse:

– Eu gostaria de ver a srta. Farley. O senhor pode pedir que ela venha até aqui por um ou dois minutos?

– Como quiser.

Stillingfleet olhou para ele com curiosidade e saiu da sala. Depois de um ou dois minutos, a porta se abriu e Joanna Farley entrou.

– A senhorita se importa, mademoiselle, se eu fizer algumas perguntas?

Ela devolveu o olhar dele com frieza.

– Por favor, pergunte o que quiser.

– A senhorita sabia que seu pai guardava um revólver na escrivaninha dele?

– Não.

– Onde a senhorita e a sua mãe, digo, sua madrasta, certo?

– Sim. Louise é a segunda mulher do meu pai. Ela é só oito anos mais velha do que eu. O senhor dizia...?

– Onde a senhorita e ela estavam na quinta-feira da semana passada? Quero dizer, na quinta à noite.

Ela refletiu por alguns minutos.

– Quinta-feira? Deixe-me pensar. Ah, sim, fomos ao teatro. Fomos assistir a *The Little Dog Laughed.**

– Seu pai não quis acompanhar vocês?

– Ele nunca ia ao teatro.

– O que ele costumava fazer à noite?

– Ele sentava aqui e lia.

– Ele não era um homem muito sociável, era?

A garota o encarou.

– Meu pai – ela disse –, tinha uma personalidade particularmente desagradável. Ninguém que vivesse muito próximo dele conseguia admirá-lo.

---

* "O cãozinho ri". Título ficcional. (N.T.)

– Essa, mademoiselle, é uma afirmação muito sincera.

– Estou economizando o seu tempo, monsieur Poirot. Sei muito bem aonde o senhor quer chegar. Minha madrasta casou com ele por dinheiro. Vivo aqui porque não tenho dinheiro para ir para outro lugar. Há um homem com quem gostaria de me casar, um homem pobre; meu pai o fez perder o emprego. Ele queria, o senhor sabe, que eu me casasse bem... uma questão natural já que eu seria sua herdeira.

– A fortuna do seu pai ficará para você?

– Sim. Quer dizer, ele deixou para Louise, minha madrasta, duzentos e cinquenta mil livres de impostos; há outros bens, mas o restante fica para mim. – Ela sorriu de repente. – Como o senhor vê, monsieur Poirot, eu tinha todos os motivos para desejar a morte do meu pai.

– Eu vejo, mademoiselle, que a senhorita herdou a inteligência do seu pai.

Ela disse pensativa:

– Papai era esperto. Era possível sentir isso nele, ele tinha força, força de vontade. Mas tudo isso se tornou azedo, amargo, não havia mais nada de humano.

Poirot disse com delicadeza:

– *Grand Dieu*, como sou imbecil.

Joanna Farley se virou e caminhou em direção à porta.

– Mais alguma coisa?

– Duas perguntinhas. Esse rebitador sanfona aqui – ele o pegou –, ficava sempre sobre a mesa?

– Sim. Papai usava para pegar coisas. Ele não gostava de se abaixar.

– A visão do seu pai era boa?

Ela o encarou.

– Isso não, ele não via nada. Quero dizer, ele não conseguia enxergar sem os óculos. Sua visão sempre foi ruim, desde menino.

– Mas e com os óculos?

– Sim, com óculos ele via bem, claro.

– Ele conseguia ler jornais e letras miúdas?

– Ah, sim.

– É tudo, mademoiselle.

Ela saiu da sala.

Poirot murmurou:

– Eu fui burro. Estava lá, o tempo todo, debaixo do meu nariz. E, por estar tão perto, eu não conseguia ver.

Ele se inclinou para fora da janela mais uma vez. Lá embaixo, no caminho estreito entre a casa e a fábrica, viu um pequeno objeto escuro.

Hercule Poirot sacudiu a cabeça satisfeito e desceu as escadas novamente.

Os outros ainda estavam na biblioteca. Poirot se dirigiu ao secretário:

– Eu gostaria que o senhor Cornworthy contasse novamente em detalhes as circunstâncias exatas do momento em que o senhor Farley pediu para que eu viesse vê-lo. Quando, por exemplo, ele ditou a carta?

– Quarta-feira à tarde, às cinco e meia, se me lembro bem.

– Houve instruções sobre como postá-la?

– Ele pediu que eu mesmo a postasse.

– E o senhor fez isso?

– Sim.

– Ele deu alguma instrução especial para o mordomo sobre como me receber?

– Sim. Ele pediu que eu dissesse a Holmes, o mordomo, que um cavalheiro chegaria às nove e meia. Ele devia perguntar o nome do cavalheiro e pedir para ver a carta.

– Uma precaução muito peculiar a ser tomada, o senhor não acha?

Cornworthy ergueu os ombros.

– O sr. Farley – ele disse com cuidado – era um homem bastante peculiar.

– Outra instrução mais?

– Sim. Ele me disse para tirar a noite de folga.

– E o senhor tirou?

– Sim, logo após o jantar eu fui ao cinema.

– Quando voltou?

– Cheguei às onze e quinze.

– O senhor viu o sr. Farley de novo naquela noite?

– Não.

– Ele mencionou o assunto na manhã seguinte?

– Não.

Poirot fez uma pausa e continuou:

– Quando cheguei, não fui levado à sala do sr. Farley.

– Não. Ele me pediu para dizer a Holmes que o levasse à minha sala.

– Por quê? O senhor sabe?

Cornworthy sacudiu a cabeça.

– Nunca questionei as ordens do sr. Farley – ele disse secamente. – Ele teria ficado ressentido se eu o fizesse.

– Ele costumava receber visitas na sala dele?

– Normalmente, mas nem sempre. Às vezes ele as recebia na minha sala.

– Havia alguma razão para isso?

Hugo Cornworthy pensou.

– Não, acho que não. Na verdade, nunca pensei a respeito.

Virando-se para a sra. Farley, Poirot pediu:

– A senhora permite que eu chame o mordomo?

– Certamente, monsieur Poirot.

De modo muito correto, muito polido, Holmes atendeu a campainha.

– A madame chamou?

A sra. Farley indicou Poirot com um gesto. Holmes se virou educadamente:

– Sim, senhor?

– Quais foram as instruções recebidas, Holmes, na quinta-feira à noite quando eu vim aqui?

Holmes limpou a garganta e disse:

– Depois do jantar, o sr. Cornworthy me disse que o sr. Farley aguardava o sr. Poirot às nove e meia. Eu devia perguntar o nome do cavalheiro e averiguar uma carta. Então, eu devia levá-lo até a sala do sr. Cornworthy.

– O senhor também foi instruído a bater na porta?

Uma expressão de desgosto atravessou o rosto do mordomo.

– Aquela foi uma das ordens do sr. Farley. Eu sempre deveria bater para introduzir as visitas... visitas de negócios, quero dizer – ele acrescentou.

– Ah, isso me deixa confuso! O senhor recebeu outra instrução a meu respeito?

– Não, senhor. Depois que o sr. Cornworthy me disse o que acabei de repetir para o senhor, ele saiu.

– Que horas eram?

– Eram 20h50, senhor.

– O senhor viu o sr. Farley depois disso?

– Sim, senhor, eu levei um copo de água quente para ele às nove horas, como sempre.

– Ele estava na sala dele ou na do sr. Cornworthy?

– Estava na sala dele, senhor.

– O senhor percebeu algo fora do comum naquela sala?

– Fora do comum? Não, senhor.

– Onde estavam a sra. e a srta. Farley?

– Elas tinham ido ao teatro, senhor.

– Obrigado, Holmes, é o suficiente.

Holmes se inclinou e saiu da sala. Poirot se virou para a viúva do milionário.

– Mais uma pergunta, sra. Farley. O seu marido tinha uma boa visão?

– Não. Não sem os óculos.

– Ele era muito míope?

– Ah, sim, ele não enxergava nada sem óculos.

– Ele tinha vários óculos?

– Sim.

– Ah – disse Poirot. Ele se inclinou para trás. – Acho que isso conclui o caso.

Houve silêncio na sala. Todos olhavam para o pequeno homem que estava sentado de modo complacente mexendo em seu bigode. No rosto do inspetor havia perplexidade, o dr. Stillingfleet enrugava a testa, Cornworthy simplesmente encarava-o sem compreender, a sra. Farley olhava para o nada atônita, Joanna Farley parecia ansiosa.

A sra. Farley quebrou o silêncio.

– Eu não entendo, monsieur Poirot – sua voz estava nervosa. – O sonho...

– Sim – disse Poirot. – Aquele sonho foi muito importante.

A sra. Farley estremeceu. Ela disse:

– Eu nunca acreditei em sobrenatural antes, mas o sonho noite após noite...

– É extraordinário – disse Stillingfleet. – Extraordinário! Se não acreditássemos na sua palavra, Poirot, e se o senhor não fosse tão esperto – ele tossiu envergonhado e voltou a adotar seu comportamento profissional. – Perdoe-me, sra. Farley. Se o sr. Farley não tivesse contado aquela história...

– Exatamente – disse Poirot. Seus olhos, que estavam semicerrados, se abriram de repente. Eles eram muito verdes.

– *Se Benedict Farley não tivesse me dito...*

Ele parou por um minuto, observando o círculo de rostos pálidos ao redor.

– Há certas coisas que aconteceram naquela noite e que eu não entendia muito bem. Primeiro, por que trazer aquela carta era tão importante?

– Identificação – sugeriu Cornworthy.

– Não, não, meu caro jovem. Essa ideia é ridícula. Deve haver uma razão mais válida. Porque o sr. Farley não apenas exigiu ver a carta como também exigiu que eu a deixasse aqui. E, mesmo assim, nem chegou a destruí-la! Foi encontrada entre seus documentos esta tarde. Por que ele a guardou?

A voz de Joanna Farley interrompeu.

– Ele queria, caso algo acontecesse com ele, que os fatos daquele sonho estranho viessem à tona.

Poirot sacudiu a cabeça em aprovação.

– A senhora é astuta, mademoiselle. Deve ser isso, só pode ser esse o motivo para guardar a carta. Quando o sr. Farley morresse, a história desse sonho estranho deveria ser contada! Aquele sonho era muito importante. Aquele sonho, mademoiselle, foi *vital*!

– Eu vou passar agora – ele continuou – para o segundo ponto. Depois de ouvir sua história, eu pedi ao sr. Farley que me mostrasse a mesa e o revólver. Ele chegou a se levantar para fazer isso, mas de repente se recusou. Por que ele se recusou?

Dessa vez, ninguém respondeu.

– Eu colocarei a pergunta de uma maneira diferente. *O que havia na sala ao lado que o sr. Farley não queria que eu visse?*

Houve um silêncio mortal.

– Sim – disse Poirot –, essa é difícil. Ainda assim havia uma razão, uma razão urgente para o sr. Farley me receber na sala de seu secretário e se recusar terminantemente a me levar à sua própria sala. *Havia algo naquela sala que ele não queria que eu visse.*

“E agora vou passar para o terceiro detalhe sem explicação daquela noite. Quando eu estava saindo, o sr. Farley pediu que eu lhe entregasse a carta que havia recebido. Sem querer, entreguei a ele um bilhete da minha lavadeira. Ele olhou para o bilhete rapidamente e colocou-o de lado. Antes de sair da sala, descobri meu engano e o corrigi! Depois disso, saí da casa e admito: estava completamente perdido! Tudo, e em especial o último incidente, me parecia inexplicável."

Ele olhou ao redor, um por um.

– Os senhores não veem?

Stillingfleet disse:

– Eu não entendo o que a sua lavadeira tem a ver com isso, Poirot.

– Minha lavadeira – disse Poirot – foi muito importante. Essa mulher miserável que destrói meus colarinhos foi, pela primeira vez em sua vida, útil para alguém. Certamente o senhor percebe... é tão óbvio. O sr. Farley olhou para o bilhete. Uma olhada teria dito a ele que aquela era a carta errada. Ainda assim ele não percebeu. Por quê? *Porque ele não enxergava direito!*

O inspetor Barnett disse de modo preciso:

– Ele não estava usando óculos?

Hercule Poirot sorriu.

– Sim – ele disse. – Ele estava de óculos. Isso é o que torna tudo tão interessante.

Ele se inclinou para frente.

– O sonho do sr. Farley foi muito importante. Ele sonhou, vejam os senhores, que cometia suicídio. E, pouco depois, realmente cometeu suicídio. Em outras palavras, estava sozinho em uma sala, foi encontrado lá com um revólver ao seu lado e ninguém entrou ou saiu da sala no momento em que ele tomou um tiro. O que isso significa? Isso significa que *deve* ter sido suicídio, não é mesmo?

– Sim – disse Stillingfleet.

Hercule Poirot sacudiu a cabeça.

– Pelo contrário – ele disse. – Foi assassinato. Um assassinato fora do comum e planejado de modo muito inteligente.

Mais uma vez, ele se inclinou para frente, alcançando a mesa, seus olhos verdes brilhavam.

– Por que o sr. Farley não me deixou entrar na sua própria sala naquela noite? O que havia lá que eu não podia ver? Eu acho, meus amigos, que lá estava o próprio Benedict Farley!

Ele sorriu para os rostos pálidos.

– Sim, sim, o que eu falo não é descabido. Por que o sr. Farley com quem eu estava falando não percebeu a diferença entre duas cartas tão distintas? Porque, *mes amis*, ele era um homem com a visão normal usando um par de óculos muito poderosos. Aqueles óculos fariam um homem de visão normal ficar praticamente cego. Não é verdade, doutor?

Stillingfleet murmurou:

– Isso mesmo, claro.

– Por que achei que ao falar com o sr. Farley estava falando com um charlatão, com um ator representando um papel? Pensem no contexto. A sala escura, a luz da lâmpada verde virada para o lado oposto da figura na cadeira. O que eu vi: o famoso roupão de patchwork, o nariz pontudo (criado com aquelas massas de modelar, muito úteis), o tufo de cabelo branco, as lentes fortes escondendo os olhos. Qual é a evidência de que o sr. Farley realmente teve esse sonho? Apenas a história que foi contada e o relato da *sra. Farley*. Qual é a evidência de que o sr. Farley mantinha um revólver em sua mesa? Novamente apenas a história contada e o relato da sra. Farley. Duas pessoas levaram essa fraude adiante: sra. Farley e Hugo Cornworthy. Cornworthy escreveu a carta para mim, deu instruções ao mordomo, foi ostensivamente ao cinema, mas voltou logo depois com uma chave, foi para sua sala, se montou e fez o papel de Benedict Farley.

"Então passamos a esta tarde. A oportunidade que o sr. Cornworthy esperava chega. Há duas testemunhas na sala de espera que juram que ninguém entrou ou saiu da sala de Benedict Farley. Cornworthy espera por um momento que o trânsito pesado passe. Então, debruça-se na sua janela e, com o rebitador que havia surrupiado da escrivaninha da sala ao lado, segura um objeto contra a janela daquela sala. Benedict Farley vem até a janela. Cornworthy encolhe o rebitador e quando Farley se debruça para fora, e os caminhões estão passando lá fora, Cornworthy atira nele com o revólver que tinha a postos. Há uma parede vazia do outro lado, lembrem-se. Não pode haver testemunhas do crime. Cornworthy espera por mais de meia hora, então junta alguns documentos, esconde o rebitador e o revólver entre eles e vai até a sala de espera, e depois até a sala ao lado. Coloca o rebitador de volta na mesa, coloca o revólver no chão depois de pressionar o dedo do morto sobre ele e corre para fora com a notícia do "suicídio" do sr. Farley.

"Ele arma para que a carta enviada a mim seja encontrada e que eu chegue com a minha história, a história que ouvi *da boca do sr. Farley* sobre esse sonho extraordinário, a estranha compulsão que ele sentia por se matar! Alguns crédulos vão discutir a teoria da hipnose, mas o resultado principal confirmará sem dúvida que a mão que segurou o revólver foi a do próprio Benedict Farley."

Os olhos de Hercule Poirot foram para o rosto da viúva. Ele percebeu o nervosismo com satisfação; o rosto cinzento, o medo cego...

– E, no tempo certo – ele terminou gentilmente –, o final feliz seria alcançado. Um quarto de milhão e dois corações batendo como um só...

II

John Stillingfleet, médico diplomado, e Hercule Poirot caminhavam ao longo da lateral da Northway House. À sua direita, estava a enorme parede da fábrica. Acima deles, à esquerda, estavam as janelas das salas de Benedict Farley e de Hugo Cornworthy. Hercule Poirot parou e pegou um pequeno objeto do chão, um gato preto de pelúcia.

– *Voilà* – ele disse. – Foi isso que Cornworthy segurou com o rebitador contra a janela de Farley. O senhor lembra que ele odiava gatos? Naturalmente foi correndo até a janela.

– Por que diabos Cornworthy não veio pegá-lo depois que o deixou cair?

– Como ele poderia? Fazer isso seria muito suspeito. Afinal, se esse objeto fosse encontrado, o que todos pensariam? Que alguma criança passou por aqui e o deixou cair.

– Sim – disse Stillingfleet com um suspiro. – Isso é o que as pessoas comuns teriam pensado. Mas não o velho e bom Hercule! Você sabe, meu velho, que até o último minuto pensei que você estava nos levando a alguma teoria sutil de assassinato psicologicamente "sugerido" e elaborado? Aposto que aqueles dois também! Gente horrorosa, os Farley. Minha nossa, como ela gritou! Cornworthy talvez tivesse saído dessa se ela não tivesse ficado histérica tentando acabar com a beleza dele atacando-o com as unhas. Eu a tirei de cima de você bem na hora.

Ele ficou em silêncio por um minuto e disse:

– Mas eu gosto da menina. Corajosa, você sabe, e tem cabeça. Será que pensariam que eu sou caçador de fortunas se desse em cima dela?

– Você está atrasado, meu amigo. Já há alguém *sur le tapis.** A morte do pai abriu o caminho da felicidade para ela.

– Pensando bem, *ela* tinha um ótimo motivo para se livrar do pai desagradável.

– Motivo e oportunidade não são suficientes – disse Poirot. – É preciso ter um temperamento criminoso.

– Eu me pergunto se você cometeria um crime, Poirot. – disse Stillingfleet. – Aposto que você se safaria. Na verdade, seria muito fácil para você, digo, a coisa seria muito desleal.

– Essa – disse Poirot – é uma ideia tipicamente inglesa.

* "Sobre o tapete". (N.T.)

IMPRESSÃO:

PALLOTTI
GRÁFICA

Santa Maria - RS | Fone: (55) 3220.4500
www.graficapallotti.com.br